Georges-Arthur Goldschmidt wurde 1938 als Zehnjähriger in Hamburg von seinen jüdischen Eltern in den Zug nach Florenz gesetzt. Von dort gelangt er in ein französisches Kinderheim in den Savoyer Alpen. Das Leben dort, den Kampf gegen das Heimweh, die zahlreichen Prügelstrafen und die heimliche Lust daran, die ständige Bedrohung durch die deutschen Besatzer beschreibt Goldschmidt in seiner Erzählung ›Die Absonderung‹. Im Vorwort von Peter Handke heißt es dazu: »Goldschmidt hat so etwas wie ein Traumbuch geschrieben: in dem Sinn, daß er für Situationen und Ereignisse, für die es bis dahin noch keine Sprache gab, wie somnambul, planlos, vorsatzlos, dafür um so klarer und unmittelbarer eine solche – nicht findet, sondern einfach hinsetzt. Ja, vergleichbare Bücher schreibt manchmal ein Träumer – nur ist hier beim Erwachen das Buch da, vorhanden, zur Hand: eher als ein ›Traumbuch‹ vielleicht also das Zeugnis eines so ausgedehnten wie beengten Traumwandelns, eines jahrelangen, voll des Schreckens und des Staunens, der Raum- und Zeitsprünge, der fahlen Labyrinthwelt des ewigen Kriegs und der weiträumigen Farbenwinkel eines episodischen Friedens. Traumbuch; Zeugnis eines Traumwandelns; oder: *das Buch als Findling.*«

*Georges-Arthur Goldschmidt* wurde 1928 in Hamburg geboren; verbrachte die Zeit des Nationalsozialismus in Verstecken in Frankreich; später Gymnasiallehrer für Deutsch in Paris; Autor von Romanen und Essays; wurde 1991 mit dem Geschwister-Scholl-Preis ausgezeichnet; ›Die Absonderung‹ erhielt den Literaturpreis des SWF 1991. Es ist das erste Buch, das Goldschmidt seit seiner Vertreibung in deutscher Sprache verfaßt hat.

Georges-Arthur Goldschmidt

# Die Absonderung

Erzählung

Mit einem Vorwort von
Peter Handke

Fischer Taschenbuch Verlag

Veröffentlicht im Fischer Taschenbuch Verlag GmbH,
Frankfurt am Main, Dezember 1993

Lizenzausgabe mit freundlicher Genehmigung des
Ammann Verlags AG, Zürich
© 1991 by Ammann Verlag AG, Zürich
Umschlaggestaltung: Buchholz / Hinsch / Hensinger
Druck und Bindung: Clausen & Bosse, Leck
Printed in Germany
ISBN 3-596-11867-0

*Gedruckt auf chlor- und säurefreiem Papier*

Für Wolfgang Wirsig

## VORWORT

Unvergleichlich«: ein oft gebrauchtes und fast genauso oft mißbrauchtes Wort für ein Menschenwerk – aber in dem Fall dieses Buches, »Die Absonderung«, scheint es einmal am Platz. Es gibt kein vergleichbares Buch in der wunderbar langen Geschichte der Bücher, nicht einmal Karl Philipp Moritz' »Anton Reiser«, der zwar mit dem namenlosen Helden Goldschmidts, neben der Grundsituation der Ausgesetztheit und der Heimatvertriebenheit und dem Lebensalter, viele Handlungs- und Leidensmomente gemeinsam hat, nicht aber das Zentrum, welches in der »Absonderung« der Körper ist, der eines Heranwachsenden – der eigene Körper, nicht nur als Zuflucht, sondern als, gerade in den ärgsten Züchtigungen, ununterwerfbare, unzerstörbare Bastion – anderes noch als Heimat: Reich, geheimnisvolles. Einmalig wirkt auf mich diese Erzählung freilich mehr noch durch ihr stetiges Umspringen; entsprechend jenen Umspringbildern, die mit jedem neuen Blick eine andere Möglichkeit zeigen, wird »Die Absonderung« mir Leser von Anfang bis Ende zum Umspring-Buch. Noch nie habe ich solch jähes Wechseln von Ferne und Nähe gelesen, von den luftigen Horizontfarben zu den schweren Fleischfarben, von den Landschaftsformen, gestaffelt mit ihrer Hilfe die Erde als äußerstweite Himmelsgegend, zu den handnahen Rundungen, Schründen, Striemungen des Menschenleibs, konvulsivisch, chaotisch, durcheinander, verzerrt, wie sozusagen am ersten Weltentag, und wieder zurück zum Blau der Ferne, den Durchlässen, Paßhöhen und Furten im Mittelbereich, dem (trügerischen?) Grünen und Blauen von Erde und Äther, denen wiederum regelmäßig das Zusammenzucken folgt, im Innersten des Körpers, in der Todesangst, der Bestrafung, der Flucht, des Sich-beiseite-Schlagens – eben der »Absonderung«. Einmalig dabei auch die Sprache der Erzählung: Bei allem Umspringen, Zusammenzucken, Umfärben, Verformen der Bilder ein merkwürdiges Gleichmaß der Sätze und Absätze, ein stetiger Sprachfall, bei all der Abruptheit der Erscheinungen und deren plötzlicher Verflüchtigung. Goldschmidt hat so etwas wie ein Traumbuch geschrieben: in dem Sinn, daß er für Situationen und Ereignisse, für die es bis dahin noch keine Sprache gab, wie somnambul, planlos, vorsatzlos, dafür um so klarer und unmittelbarer eine solche – nicht findet, sondern einfach hinsetzt. Ja, vergleichbare Bücher schreibt manchmal der Träumer – nur ist hier beim Erwachen das Buch da, vorhanden, zur Hand: eher als ein »Traumbuch« vielleicht also das Zeugnis eines so ausgedehnten wie beengten Traumwandelns, eines jahrelangen, voll des Schreckens und des Staunens, der Raum- und Zeit-Sprünge, der fahlen Labyrinthwelt des ewigen Kriegs und der weiträumigen Farbenwinkel eines episodischen Friedens. Traumbuch; Zeugnis eines Traumwandelns; oder: *das Buch als Findling*.

*Peter Handke*

# DIE ABSONDERUNG

Und wie plötzlich, unvermittelt, das Gleiten begann und das Rollen der Räder und die Entfernung sich zeigte und wuchs. – Und wie dann der Schmerz über mich gekommen war, wie er angefangen hatte beim Handgelenk, den Arm entlang gekrochen war wie eine Lähmung, in den Körper wie Gift, in die Augen, in die Beine –

Lore Berger *Der barmherzige Hügel*

I

Unter dem weitgoldenen Abendhimmel schwappen windgekräuselte Wellen daher; in halber Ferne läuft der langsame Bogen des Fußgängerstegs über den Canal de la Villette. Ruckartig flackern die Stadtlichter auf.

Zwischen den ungleich hohen Häuserrücken öffnen sich helle Straßenschächte, wie aus der dunklen Stadtmasse ausgespart, als zögen die Straßen weit hinaus, in ihre eigene Richtung, immer weiter. Die Dunkelheit ist schon so tief, daß alle Helligkeit nur noch von den Lichtern, den Ampeln, den Leuchtschriften kommt. Allein auf der hoch gelegenen Place des Fêtes reicht der Himmel tief herunter, als braun-gelber Sonnenschatten, bis unter den Häuserhorizont, als könnte man in Brusthöhe mit ausgestreckter Hand hingreifen.

Es ist, als ob die Straße bis in die damalige Abenddämmerung hineinstöße, als man auf dem Balkon des Kinderheims stand und die blau-schwarzen Berge sich vor dem gelben

Himmel abheben sah, damals 1944, in Hoch-Savoyen, als man wieder tief und ruhig atmen konnte. Immer richtete sich dann, in der Deutlichkeit des Abends, der Blick in die Richtung der Heimat. Denn es wurde eine ganze Kindheit damit verbracht, sich die Heimat zu vergegenwärtigen.

Überall, wo er stand, konnte er nach Hause zeigen. Zehnjährig war er von Hamburg aus nach Süden gefahren worden, und seitdem kam das Heimweh in ihm wie ein Ersticken wieder auf. Zu Hause, es war 1938 gewesen, hatte er nicht bleiben dürfen: er war schuldig, von ihm hatte man etwas gewußt, was er selber noch nicht wußte: eine Lähmung von innen her, alle Bewegungen wie in Gips gegossen; von nun an hatte er sich immer wieder beim Er-selbst-Sein überrascht. Schuldig war er, erwiesen schuldig. Er gehörte weggeschafft, das hatte er immer schon gewußt. Die Eltern schwiegen, wenn er eintrat, saßen steif da, als wollten sie zeigen, daß sie gar nicht von ihm redeten. Um sie herum war das grün tapezierte Wohnzimmer viel zu groß, und die Möbel darin kantig, als wollten sie die Eltern Lügen strafen. Diese waren zerstreut, schauten geradeaus, vor sich hin, gingen von einem Zimmer ins andere und wußten nicht mehr, wo sie waren, stießen gegeneinander an, weil beide vergessen hatten, wo der andere war. Sie flüsterten sich ununterbrochen zu, als hätten sie die im Nebenzimmer begonnene Unterhaltung gar nicht abgebrochen. Das Wort »Jude« kam immer wieder vor, ein Wort aus der Bibel, er hatte nicht verstanden, warum sie so unruhig waren, wo sie doch von der Bibel sprachen. Aber dann war ihm plötzlich eingefallen, daß in der Sonntagsschule, wenn das Wort Jude fiel, der Pastor ihn immer angeschaut hatte, und das Wort hatte ihm angst gemacht.

Juden kannte er keine, das Wort aber gehörte mit Totschlag zusammen, man holte mit dem Arm aus und konnte zuschlagen: etwas Unheimliches gehörte dazu, eine Schuld, er fürchtete sich davor, als könnte man wissen, daß es seine eigene war.

Als Zehnjährigen hatte man ihn von Hamburg nach Florenz über München gefahren. Die hochhelle Bahnhofshalle war ihm für immer in Erinnerung geblieben; kein Tag, wo ihr Raunen, ihr riesiger Glasschwung ihm nicht ins Gedächtnis gekommen wäre. Nach der weiten Fernen über Fernen aufdeckenden Norddeutschen Ebene fingen Berge an vorbeizuziehen, kleine spitze Berge, die ersten, die er gesehen hatte, als hätten Himmelsfinger die Erdenhaut stellenweise nach oben gezogen. Mehrmals das hohle Brückengeräusch mit flüchtig erblicktem grau-grünem Wasser: er war stolz gewesen, ein Deutscher zu sein, stolz, daß Deutsche solche Brücken gebaut hatten, zum metallenen, dröhnenden Darüberfahren.

Auf den die Bahngeleise überquerenden Wegen, wo es bei herabgelassenen Schranken jedesmal klingelte, hätte genausogut er dort stehen können. Jemand ging da, oder es fuhren Kinder Rad – wie immer zu klein auf zu großen Rädern –, auch da hätte man wohnen können. Wäre man einer unter ihnen gewesen, hätte man vielleicht nicht wegfahren müssen. Die Menschen, die er durch das Fenster sah, waren nicht wie er, sie konnten bleiben, sie waren nicht schuldig.

Im Zug, seltsamem viereckigem Kasten, in dem er saß, während die Landschaft draußen an ihm vorbeizog, hatte er auf einmal gewußt:

wäre er wirklich ein Jude gewesen, er hätte es nie sagen dürfen, wie er auch das *andere* nie sagen durfte.

In München war der Bahnhof ein Kopfbahnhof wie in Altona, und die mochte er nicht. Auf dem Bahnsteig war man schon auf Straßenhöhe: mit dem Auto hätte man direkt hineinfahren können, er hatte nicht gewußt, daß es so etwas gab. Vierzig Jahre später setzt die Erinnerung daran plötzlich in der Morgenhelle wieder ein. Vor den Backsteinhäusern einer Straße zieht ein Güterzug langsam vorbei, davor geht ein Eisenbahner: die Häuserfronten stehen senkrecht nebeneinander, eine einzige durchfensterte Stadtwand, und obgleich es doch Straße ist, fährt darauf eine Eisenbahn.

Bei der Ankunft in München waren die Türme der Marienkirche auch so überraschend nebeneinander gestanden. Der gleiche Turm zweimal. Die dunkelroten, vom Alter angeschwärzten, viereckigen Türme mit den hellgrünen, runden Hauben, die er so oft auf dem Bild zu Hause angeschaut hatte, sie gab es nun wirklich, die unter leicht bewölktem Himmel dahinzuziehen schienen. In Hamburg hatten die Türme auch auf Backsteinstümpfen gestanden: jede noch so dünne Backsteinriege war selber Turm gewesen, bis in schwindelerregende Höhe hinaufragend, seit Hunderten von Jahren schon. Manchmal sah man, winzig, Menschen ganz oben stehen, die sich vor lauter Höhe ganz langsam zu bewegen schienen. Es war, als fühle man unter der eigenen Hand die rauhe Fläche der aufgeschichteten Backsteinmassen.

In der Kirche selbst war im fahlgelben Gefliese der Teufelsschritt zu sehen gewesen: schwarz ausgespart, als habe der Fuß den Stein angesengt.

So viele Bilder hatte man ihm von Florenz gezeigt, damit in ihm kein Heimweh entstehe, daß er die so oft abgebildete Loggia dei Lanzi im voraus erkannte, wie man Weihnachtsgeschenke vorzeitig zu sehen bekommt: die der Loggia nachgebaute Feldherrenhalle war es gewesen.

Auf dem grell beleuchteten, steifen, wie präparierten Platz stand das, dreifach, ein leerstehendes Gezimmer, nur sich selbst enthaltend: zwei Soldaten im Stahlhelm gingen im Stechschritt davor auf und ab: Drei zu lange Banner hingen vor der Halle mit übergroßen Haken-

kreuzen: es war eine glatte Fläche, ein ausstaf-
fierter Raum: Angst überkam ihn. Man würde
ihn erkennen, in die Fliesen eindrücken, tot-
walzen. Er war schuldig, man hatte ihn *dabei*
gesehen und es der Mutter erzählt.

An jenem Maitag 1938, im Deutschen Mu-
seum hatte er es geahnt, wie durch eine uner-
meßlich weite Zukunft hindurch: In der Dunkelheit, an einem schmalen Tisch wurde das
erste Fernsehen den Schaulustigen vorgeführt:
Männer in Kittel hantierten an metallenen,
knisternden Käfigen. Angesichts der übrigen
Zuschauer wurde man in einen Kasten geschoben. Man stand im Gestänge eingeengt im hei-
seren Elektrizitätsgeruch. An einer Matt-
scheibe leuchtete es grau-weiß stockend auf,
bis auf einmal ein Frauengesicht erschien und
sagte, wie um sich selber auszuweisen und zu
zeigen, daß es kein Schwindel war: »Du bist
ein wonniger Junge mit blonden Locken, ein
richtiger kleiner Deutscher.« In ihm schrie es
aber überdeutlich mit dem Klang der eigenen
Stimme so laut, daß ihm der Schweiß kam im
engen Gehäuse: »Ich bin . . .«, und abscheulich
deutlicher noch: »Ich habe an mir selber her-
umgefummelt.«

Aber er war keiner von denen, es gab sie doch nur in der Bibel. Die Josefsgeschichte hatte man ihm mehrmals vorgelesen, und trotzdem wußte er es, es hatte mit ihm zu tun: ein Bestraftwerden, das ihm noch bevorstand, in einer Zukunft, die in der Ferne lag und doch schon greifbar war, die einem vor Erwartung den Atem raubte. Man würde ihn ausziehen und mit Ruten züchtigen.

Dann waren Berge gekommen, so hoch, daß man die Gipfel vom Abteilfenster aus nicht sehen konnte, und Tunnels so lang, daß man bis über tausend zählen konnte. Es war lächerlich gewesen, so winzig unter der Bergmasse durchgefahren zu werden, im tosenden Gerassel des Zuges: man saß dabei einander gegenüber, eingeschachtelt, im Getäfel, in einem länglichen Kubus. Man war im Berg und saß dabei im Abteil, so grotesk war das, daß man sich am liebsten selber durchs Fenster geschossen hätte. Im Tunnel, kilometerlang, hatte er sich zum ersten Mal von sich selber abstehen gefühlt. Er hatte sich selber gesehen – als gehöre er nicht dazu; man saß im Gedröhne mit angewinkelten Armen zu beiden Seiten und

Schenkeln unter sich selber –, wie er im Sitzka-
sten mit anderen zusammen durch den Berg
gefahren wurde.

Später war der Zug am Meer entlang gefahren, in schwindliger Höhe, wieder durch kurze
Tunnel, auf die plötzliche Stadtausbuchtun-
gen folgten, mit rotdächernen Häuserhaufen
übereinander. Der Ankunftsbahnhof war aus
hellgelbem Marmor gewesen, und davor
stand eine weiß-schwarze Kirche mit schnek-
kenförmigen Verzierungen zu beiden Seiten:
Santa Maria Novella. Noch am selben Abend
hatte er mit offenem Mund den Duòmo in der
Ferne gesehen, genau wie er abgebildet gewesen war; und er hatte sich gewundert, so etwas
sehen zu können, daß er es sehen konnte und
daß es das gab.

Einige Tage später hatte er dann die ungeheure Kuppel wie ein riesiges Gebirge aus der
Nähe emporragen gesehen, den viereckigen
Campanile, von dem er nachts geträumt hatte,
der sich mit allen Einzelheiten, an denen nichts
fehlte, auf einmal samt allem emporfensterte,
bis zum obersten Gesimse.

Ockerfarbige Straßenfluchten führten bis
zu ihm hin, wo an winzigen Ladentüren

manchmal an Bindfäden Vögel übereinander hingen.

Auf einer Anhöhe über der Stadt war er untergebracht worden, herzlich begrüßt von Leuten, die er nicht kannte: im runden Garten hoch über der Stadt in der durchsichtig präzisen Landschaft hatte er ein Jahr lang gelebt, dann waren auch diese Beschützer weggezogen – nach Neuseeland –, sie hatten ihn am entgegengesetzten Stadtrand abgegeben, unter indigoblauem Himmel hatte sich der Campanile rechteckig, weißgrell abgehoben, zur rechten Seite die rote, weißgesträhnte Kuppel des Duòmo, die er das ganze Jahr lang immer links davon gesehen hatte: bis dahin hatte er kaum an die Eltern gedacht und das Heimweh überspielt, als ließe es sich mit der ausgestreckten Hand wie ein Möbelstück wegschieben.

Nach Florenz war er noch mit einem ganz gewöhnlichen Reisepaß des Deutschen Reichs gekommen, ohne aufgestempeltem »J«. Auf gewissen Pässen hätte es gestanden, hatte er sagen hören; ältere Leute hätten es gehabt, obgleich »J« doch Jugendlicher bedeutete.

Aber auf einmal, ganz unerwartet, war es ihm gekommen: es konnte auch »Jude« hei-

ßen, und die Angst hatte ihm den Magen zugeschnürt. Auch in Italien durfte man nicht bleiben: die Landschaft zog sich zusammen, sie
war nur noch wie aus einem Zugfenster zu sehen, als stünde man schamlos nackt in einem
goldgeschmückten, getäfelten Salon.

Dann hatte es Wohnungen gegeben, am
andren Ende der Stadt, in denen man abgestellt
wurde, ohne daß der Blick stillhalten konnte;
mitten in einem Etagenhaus war man wie auf-
gehangen, ein Kleiderbügel in einem riesigen
Schrank.

In der sonst immer trockenen, sommerfar-
benen Stadt hatten sich spiegelnasse Bürger-
steige ausgestreckt mit dunklen Feuchtig-
keitszungen an den ocker beworfenen Häuser-
mauern, unter wasserglänzendem Licht.

Eines Tages war vor dem hohen Himmel
am Campanile ein weiß-gelbes Banner im
Winde auf Halbmast hin und her geschweift,
wie verlangsamt von der Turmhöhe. Der
Papst Pius XI. war tot. Vielleicht hätte er einen
geschützt.

Der Zug nach Frankreich fuhr wieder an den
plötzlichen Ausbuchtungen am Meer entlang.

Sie saßen nebeneinander, der größere Bruder und er; seinetwegen schämte sich der Große: man sah ihm zu sehr die Angst an vor der Fahrt in unbekanntes Land. Man hatte ihnen gesagt, daß sie nach der Durchfahrt einer weiten Ebene die Alpen sehen würden, vielleicht hatte man es ihnen gesagt, damit sie sich keine Sorgen machten.

Schon fuhr man durch Berge hindurch; das Tal war eng geworden, manchmal reichten felsige, schütter bewachsene Abhänge bis dicht an die Bahn heran. Der Gang war jetzt immer im Schatten, die Sonne schien, nur noch längliche Lichtbahnen zeichnend, ab und zu in das Abteil hinein.

Die Vorfreude auf die rechteckige, zugeklebte Eßtüte, die man ihnen mitgegeben hatte, war schon längst verflogen und konnte nicht mehr gegen die Angst ankommen; tagelang hatte man daran gedacht, an das »*chestino di viaggio*«. Beim Öffnen, hatte man sich vorgestellt, würde man kleine, braune Henkeltöpfe aus Ton vorfinden, mit allen den Speisen darin, die er mochte, Pasta sciutta, Bratkartoffeln, und wie in »Tischlein, deck dich« wäre es ein ununterbrochenes Mampfen, ein Sattessen gewesen, während der Zug einen davongetragen hätte. Aber es waren dann bloß Hühnergerippe gewesen mit ein wenig vertrocknetem Brot.

»Ob die uns über die Grenze lassen?« kam es dann, von einem der beiden gesagt. In der Ferne, in Fahrtrichtung lag Frankreich, Modane, der erste Bahnhof, wo man in Sicherheit war. Sie saßen steif da, reglos, alleine im Abteil, als wollten sie sich selber nicht auffallen; dabei blieb die lackierte Holzfassung des Wagenfensters dieselbe, als wüßte sie von nichts: jene mitfahrende Gleichgültigkeit der Gegenstände!

Im Gang wurden Stimmen laut, die italienisch sprachen, zwei pappgrau uniformierte Beamte; einer von ihnen reichte mit ausgestrecktem Arm die Pässe wieder ins Abteil hinein. Dann wieder ein sehr langer Tunnel, durch den man abermals minutenlang durchdröhnte. Mit Deckenbeleuchtung raste man im Schlund dahin, schämte sich und schwitzte sich aus sich selber heraus: Rohrpostfahren in Naturgröße. Nach dem Tunnel würde es Frankreich sein. Auf einmal hatten sich die Lebensrichtungen verlegt: er konnte mit der

Hand auf Paris hin zeigen. Nun lag alles Zukünftige in Nachmittagsrichtung. Vor dem Tunnel hatte noch alles hinter ihm gelegen.

In Chambéry waren sie ausgestiegen, den Namen hatten sie auswendig gelernt. Der Chauffeur hatte sie sofort erkannt. Er war von einer mit ihnen verwandten Gräfin geschickt worden, sie abzuholen. Sie hatte sich der Kinder angenommen und nach Frankreich hinübergerettet: es war März 1939.

Vom Toilettenfenster des Hotels dann, über den hellfarbigen, rosaroten Dächern der Stadt hinweg gelegen, hatte er jenseits einer vagen bläulichgrauen Dunstschicht die Alpen liegen sehen, am Horizont hingestreckt mit rötlich angeleuchteten Abhängen und Spitzen in unheimlicher, abenteuerlicher Stille, über dem Morgenraunen der Stadt.

Der Bruder und er hatten noch den Brief der Gräfin bei sich, eine gedehnte hohe Schrift mit Deutschfehlern: »Ihr kommt in der Schule.« Er hatte sich im voraus geschämt vor jemandem stehen zu müssen, der Deutschfehler machte.

Am nächsten Morgen waren sie ins Gebirge gefahren worden, man hatte sich in Zeichensprache mit ihnen verständigt. In einer getäfelten Hotelhalle waren sie durch eine gläserne Drehtür von lachenden Hotelportiers hinausgelassen worden, während man ihnen den riesigen Korbkoffer nachtrug. Schon bei der Ankunft auf dem wie ein Garten von der Nachmittagssonne beleuchteten Bahnsteig hatte man ihnen das Gepäck getragen, und der Gepäckträger hatte gesagt: »Hitler, caca!«

Der Chauffeur fuhr einen langen, schwarzen Delage Coupé. Während der Fahrt hatte er sich immer wieder lachend zu ihnen, die auf Ledersitzen saßen, umgewendet und mit ausgestrecktem Arm immer wieder etwas gezeigt. Rasch zog sich das weite Tal zusammen, es wurde eng und dunkel, plötzliche Sonnenkaskaden unterbrachen ab und zu das Felsendunkel, und nach langer Fahrt durch eine tiefe Schlucht, wo man vom Auto aus den Himmel nicht sehen konnte, wurde es auf einmal wieder weit und bald so steil, daß man gegen die Rückenlehne des Autos auflag. Hinter Tannenwipfeln gab es nur noch unbegrenzten Himmelssturz, manchmal erkannte man in weiter Ferne einen Abhang oder eine Bergspitze. Zuerst hatte es dann und wann weiß zwischen den Bäumen aufgeglänzt, und auf einmal hatte Schnee gelegen; obwohl es doch Frühling war; man fuhr in eine andere Jahreszeit zurück. Vom Fenster aus sah man nur noch riesige Schneefelder, von schwarzen Baumstämmen durchstochen.

Plötzlich hielt der Wagen am über die Leere hängenden Straßenrand. Erst beim Aussteigen schwang sich die riesige Landschaft zusammen. Man sah dann auch einen kleinen Weg, der parallel zur Straße wie an einer Mauer zu einem großen Alpenhaus mit vorspringendem Dach hinunterführte.

Vom immer noch lachenden Chauffeur wurde man den Weg ins Haus hinuntergeführt, ins Dunkle des holzgetäfelten Inneren. Eine Treppe führte in Räume, die man in der plötzlichen Dunkelheit nicht unterscheiden konnte. Aber hinter den Türen stand dann eine blendende Helle, als wäre das Haus ein Schiff auf hoher See.

Er wurde in einen länglichen Saal hinaufgeführt, wo mehrere Betten nebeneinander standen. Der Bruder war am andern Ende des Hauses untergebracht worden. Aus allen Fenstern sah man nur Himmelweite und ferne Berge.

Schneegestöber trieb aus nahe vorbeiziehenden Wolken.

Nur durch die von unten heraufdringenden Geräusche und Stimmen konnte man erraten, wie das Gebäude stand. Das Haus hatte er kaum von außen gesehen, und doch wußte er, daß er da sehr lange bleiben würde. In ihm würgte Heimweh.

II

Am Abhang des Telegraphenhügels, der Colline du Télégraphe, zwei Meter höher als Montmartre gelegen, verlaufen einige kleine Straßen zu langen, von Absätzen unterbrochenen Treppen. Die Anrainer von früher haben im Laufe der Jahrzehnte ihre Unterkünfte zu Häusern ausgebaut, an den Fassaden kann man sich aber noch die früheren Bretterverschläge vorstellen.

Fast jede zweite Straße zweigt in eine andere Himmelsrichtung ab, jedesmal wird es eine andere Tageszeit. Plötzliche Ausbuchtungen, als hätten sich die ehemaligen Fuhrwege zu Plätzen erweitert, tun sich auf, in die der Wind hineinweht. Auf einer Seite stehen alte, zwei oder drei Stockwerke hohe Bauten aus dem XVIII. oder XIX. Jahrhundert, wie man sie auf den Stichen aus der Zeit erlebt. Eine flußartige Straße, die das ganze verwinkelte Viertel durchstößt, verläuft, mit Bäumen gesäumt, sehr weit weg, zum Horizont, wo es immer noch Stadt ist, aber die blauverschwommenen Häuserreihen schon an offenes Land erinnern. Sie heißt Rue des Pyrénées: Pyräneenstraße. Eine Treppe mit von unzähligen Händen blankpoliertem Mittelgeländer führt auf eine Art Straßenschneise hinab.

Ganz Paris breitet sich von da auf einmal aus, von der Gare de Lyon im Süden bis zum Quartier de la Défense ganz im Westen: eine unendliche Stadtlandschaft, hie und da von nicht sehr hohen Türmen überragt, und dahinter die blaue, ununterbrochene Hügellinie, von der aus schon nacheinander verblassende Hochspannungsmasten zu unsichtbaren Landschaften führen. Aus Wolkenhöhe darüber konnte man vielleicht schon die Seinemündung sehen. Möwen lassen sich vom Wind herantragen und kreisen in Höhe der Häuserwand weg. Vom windigen, abgeschabten Abhang sieht man auf Paris, als blicke man von einer Steilküste auf die See. Im Westen, vor der bald untergehenden Sonne, glaubt man, wie einst, von der Glinder Anhöhe aus, die Türme Hamburgs zu erblicken, aus gelblichtem Himmelsstoff geschnitten, in unermeßlicher Ferne, still über dem Horizont und scharf, aber doch so-

31

fort erkennbar: die Spitze des Nikolaiturms, die Kuppel des Michel und vor allem der sich zweimal selbst überhaubende Katharinenturm.

Durch die Brust sticht unverändert derselbe bis zum Kehlkopf hinaufsteigende Schmerz des Heimwehs, wie in der Kindheit, noch Stunden später, jenes Aufstoßen nach dem Heulen unter der Rute, als hätte man nur diesen selben Tag immer vor sich hingeschoben, die ganze Zeit lang.

Das Heimweh: in beinahe regelmäßigen Schüben stockt es sich im Brustkorb auf, man ist genötigt tief Luft zu holen, und während eines zeitlosen Augenblicks ist man noch zu Hause: Die Buchen rauschen im Garten, und man hört die Stimme der Mutter, sieht ihr Kleid. Die Erinnerung an das Kinderheim legt sich dann über das Heimweh.

Das Kinderheim am Abhang, wie auf halber Höhe hängengeblieben: an einer Seite die Dachkante am Straßenrand, auf der anderen in unheimlicher, schwindelerregender Höhe das sich ins Grenzenlose öffnende Tal, als wäre das Gebäude selber Felswand. Aber gen Norden lag, in kaum noch sichtbarer Ferne, eine

Gebirgskette, die schon die Schweiz war: darüber ein lichter, sich tief hinuntersenkender Himmel. In dieser Richtung gab es irgendwo die Eltern, aber es galt sie nicht mehr heranzulassen, wie es auch galt, sich gegen die anderen zu wehren, mit denen man nicht sprechen konnte, die einen aber sofort durchschaut hatten, einem den Stuhl wegzogen, das Bett umstülpten. Wie aus Zufall wurde man immer gegen etwas Eckiges gestoßen oder sorgfältig mit dem Absatz auf den Fuß getreten, gerade wenn Sprechverbot auferlegt worden war und man wegen des Aufschreis geohrfeigt wurde; soweit hatte er die Sprache schon verstanden: Zum Geohrfeigtwerden hatte man stramm zu stehen, mit den Händen an der Hosennaht, so hatte er auch die Zahlen gelernt, nach vier Ohrfeigen hatte man sich zu bedanken. Linealknien mit im Rücken zusammengebundenen Händen, des Aufstützens wegen, hatte er auch schon öfters geübt, die Rute »auf den Blanken« stand ihm noch bevor, jahrelang sollte er sie aber zu kosten bekommen; sich unter ihr winden und betteln, aber sie sich dennoch verwirrt, inbrünstig wieder herbeiwünschen. Ja, die Rute erst sollte ihn mit sich selbst bekannt-

machen, ihn beschwingen und beflügeln, denn
nach der Züchtigung, im Dunkeln gelegen,
lernte er die große Freude kennen, die Erlösung, das immer länger während Spiel mit
sich selbst; nackt wand er sich wieder in der
Vorstellung unter den Birkenzweigen, den
Blicken der anderen ausgesetzt, die ihn sich
auch vor dem Schlafengehen noch vornahmen
und auf dem Dachboden bezwangen, acht-
zehnjährig! Unter der eigenen Hand konnte er
den Aufschrei so wenig zurückhalten wie das
Heulen nach ein Dutzend Rutenhieben. Aber
noch war es die Kindheit, die Zeit der aller-
ersten Strafe.

Deutsch und Italienisch waren laute Sprachen
gewesen, man mußte sich durch sie durchatmen, man konnte mit ihnen mundspielen; die
neue Sprache lag aber ganz anders auf der
Zunge, mit vielen »ä« und »e«, Seitenlaute, die
man fast nebenbei hersagen konnte, während
man an etwas anderes dachte.

In einer braunlichtigen Straße in Florenz
hatte er »nous avons, vous avez« auswendig
gelernt, unaufhörlich wiederholt, bis die Wörter aus sich herausgewachsen waren und nur

noch wie ein Aufstoßen der Räder eines fernen Schnellzugs sich anhörten, der hinter dem Abendhimmel in einer weiten Ebene dahinfuhr.

Er hatte auch von der Trikolore gehört und wußte, daß sie senkrecht gestreift war, was ihn in Gedanken störte: wenn geflaggt wurde, konnten die Farbstreifen nicht richtig herunterhängen.

Und nun war zum zweitenmal alles anders: tannenholzgetäfelte Räume mit niedrigen Decken, Lichtschaltern mit metallenen Stengeln, die man, wie Weichenhebel, herauf- oder herunterdrücken mußte. In Italien hatte es noch die Drehschalter der Heimat gegeben, die sich immer mit spannender Verspätung federnd selber nachdrehten. Die Streichhölzer, die die Erwachsenen hatten, waren auch anders: man konnte sie an jeder irgendwie rauhen Fläche, sogar an der Hose, anzünden, sie fingen erst zu köcheln an, sotten eine Art Saft aus, bevor die Flamme dann kam: es waren Schwefelhölzer. Auch die Gegenstände trennten ihn von zu Hause.

Obgleich er noch kein Wort der Sprache verstand, wußte er doch genau, daß er einige Tage später zum Arzt nach Chambéry geführt werden sollte. Der Stimmfall zeigte, daß man sich über ihn unterhielt, ab und zu senkten sich die Blicke, als ob sie an ihm etwas suchten. Er sollte wieder mit demselben Auto hingefahren werden, in die entgegengesetzte Richtung diesmal, aber in Begleitung der verwandten Gräfin. Sie trug Hosen und Bergschuhe; es lag noch trüber, durchwachsener Schnee, der in sich selbst einsackte und kein hervorragendes Gestein mehr bedeckte: junge Triebe durchstießen ihn, von einem Trichter umgeben, auf dessen Grund fahlgelbe Grasflechten lagen.

Trotz des Regens war Alphonse draußen gelassen worden. Man selber saß in einem gläsernen Verschlag auf Lederpolstern. Draußen, hinter der Scheibe, sah man ihn in seiner Lederkluft an Steuerrad und Hebeln hantieren. Sehr schnell war der Schnee verschwunden, man fuhr durch braune triefende Schluchten, zu denen hin schräge Wasserfälle unter Brücken heranstürzten.

Auf einmal erweiterte sich die Schlucht talartig, man fuhr in einer von dunklen Abhängen gesäumten Ebene, in die die niedrige Wolkendecke hinunterreichte, eine weiße, waagerechte Linie, wie aus der Masse tranchiert. In einem hohen, dreifenstrigen Zimmer mußte er sich dann nackt auf eine kaltlederne Couch legen, während die Verwandte ihm den Rücken zeigte. Neben ihm, die Augen hielt er geschlossen, hörte er atmen. An ihm wurde gerührt, gestrichen, geglättet, mit dem Daumen den Lenden entlanggefahren, und über ihm wurde diese hellsilbige Sprache gesprochen, die er nicht verstand.

Nachher wurde er auf einen Platz gefahren, wo bronzene, halbierte Elefanten einen Obelisk trugen. In einer länglich hohen Konditorei, wo alles hell war, mit runden Tischen auf säulenförmigen Beinen, durfte er sich ein Stück Kuchen aussuchen. Dann fuhr man ihn wieder weg durch die dunkle, eingekesselte Landschaft. Der Chauffeur saß immer noch draußen, obgleich die Nacht schon hereingebrochen war.

Wie bei der Ankunft wurde er da abgestellt, wo der kurze Weg vom Straßenrand zum Kinderheim hinunterführte. Das Dorf lag tief unten, trotz der Dunkelheit wurde man – waren

es Geräusche, die herankamen, war es das Ausholen des Windes? – von der Weite der Landschaft angeweht. Die Tür wurde ihm sofort
geöffnet, und vor ihm, als reiche der kleine
Weg ins Haus hinein, lag der beleuchtete Trep-
penschacht. Unten standen die Kinder Spalier
und lachten. Sie zeigten auf ihn, alle wußten
schon lange, was er noch gar nicht verstanden
hatte: er war in einer sehr bestimmten Bezie-
hung zurückgeblieben, sogar unterentwik-
kelt. Blitzartig sollte ihm dann aufgehen,
warum er immer wieder »Mädchen, Mädchen« geschimpft wurde.

Als er vom Essen, das man für ihn alleine am
riesigen Küchentisch aufgetragen hatte, zurückkam, wurde er sofort von drei anderen
Knaben durch den Schlafsaal herumgereicht,
zwischen ihnen, die ihn von Bett zu Bett trugen, bäumte er sich auf, ohne sich aber wirklich gegen sie wehren zu können, die Pyjama-
hose hatten sie ihm heruntergezogen: brük-
kenartig gegen seine Träger gestemmt, war er
nur noch das Getragenwerden. Es wußte also
keiner von seinem allabendlichen Schuldig-
werden, vom Aufzucken unter den eigenen
Fingern, vom Untergehen im Rauschen des

unendlichen Meeres. In ihrer Sprache machten sie sich über ihn lustig. Sie ließen nicht mehr von ihm ab; erst bei den alltäglichen Spaziergängen hatte er Raum genug für sich selbst. Da konnte man ihm nicht jede noch so kleine Strecke versperren wie im Kinderheim, wo man ihn immer wie aus Versehen gegen eine Tischkante oder eine Tür stieß, wo immer einer wieder ansetzte, wenn sich ein anderer gerade von ihm abwendete. Da konnte man sich an der Weite erholen: die Abhänge mit den verstreuten Bauernhöfen und den zu ihnen hinaufführenden Wegen: man sah sie auf einmal mit einem einzigen Blick, und die Bauern, die sie hinaufgingen, brauchten ganze halbe Stunden bis sie oben waren. Treppenartig in unerhörten grünen Wallungen stieß der Berg, an dessen Flanke das Kinderheim gebaut war, in das Tal hinein, und man selber wohnte balkonartig weit darüber hinweg.

Selten aber hatte man Zeit zum Sehen: immer mußte man auf der Hut sein, den Blick bereithalten, zu Seite schauen, um der Gefahr auszuweichen. Im Augenblick, wo man anfing, die Bilderfolge in sich selber hineinzulassen und sich von sich selber zu erzählen, kam

immer ein Rippenstoß, ein Kniff in Schenkel-
höhe – man trug kurze Hosen –, daß einem die
Tränen in die Augen schossen. Nichts als
Stimmen im Türrahmen. Stimmen überall,
die immer diese fremde Sprache sprachen, die
man nicht verstand, obschon man sofort
wußte, wenn man gemeint war. Wenn dann
die Knaben sich halbnackt im Waschraum wu-
schen, stand ihr Gesicht von ihnen ab, das nie
genau zum Körper paßte: daß sie unter dem eigenen Gesicht nackt sein konnten, machte sie
unbedeutend und lächerlich. Auch im Heim
war jedem ein sicheres Stück Raum zugeteilt
worden, keiner von ihnen fühlte sich je bedroht, man sah jedem seine Räumlichkeiten
an, die Zimmerfluchten von zu Hause, es
waren Kinder reicher Leute. Die Eltern waren
Kollaborateure. Es ging ihnen gut. Sie fraßen
sich durch und brauchten nicht die Kinder
dazu. Wenn er den Waschraum für sich alleine
hatte, konnte er sich wieder fassen, das ganz
oben im Kopf aufgestaute Selbst wieder zu-
rückfließen lassen, langsamer atmen, das Raunen des Seins in sich selber erhorchen, die Bilder in sich wieder aufkommen lassen, die
Angst und Eile immer wieder zurückgedrängt

hatten, bis man ihn dann doch wieder rasch ausfindig machte.

Er hätte gerne seine Freude am Landschaftssehen mitteilen wollen, aber seine Mitschüler hielten es für Überheblichkeit und dachten, er wolle sie belehren, wobei sie so Unrecht gar nicht hatten. Und es standen so alle am Straßenrand, talüber und ahmten ihn nach, Kopfhaltung, Stellung, Gebärde, wie er »leibte und lebte«, vierzehnmal er selber, oder auch es stellte sich einer hautnah an ihn heran und verdeckte ihm die Augen mit der Hand, während die anderen ihn festhielten. Er schüttelte sich vor Scham und fühlte die Faust sich schon an den Stein schmiegen, mit dem er ihnen den Schädel einschlagen würde.

Die Fächer, waagerecht übereinander angebracht, waren mit aufklappbaren Holzdeckeln versehen, sie wurden den Schülern je nach Größe vergeben. Seiner war in Gesichtshöhe, und wenn er hineinschaute, brauchte er den Deckel nicht zu halten, sondern nur mit dem Kopf aufzustützen: beide Hände hatte man frei und konnte sich gegen die Hinterwand des Spinds das Foto mit der Mutter aufstellen, sie saßen da beide, seine Mutter und er, auf einem

Baumstamm, blickten beide nebeneinander nach rechts, und er war stolz, daß er seiner Mutter so ähnlich sah. Über sie hinweg zogen Wolken am Waldrand dahin, rundlich aufgeschichtete Gewitterwolken, die auf dem Foto mitgeknipst worden waren. Es hatte einen Augenblick gegeben, wo das alles gewesen war, alle Einzelheiten waren da abgebildet, genau wie sie gewesen waren, und doch war man nicht mehr da, wo es das alles noch gab. Vor Heimweh konnte man nicht mehr atmen. Der Schmerz war wie ein langer stumm-schriller Schrei, der aus einem herausschrie.

## III

Die Gebirgswand schloß im Osten das Hochtal ab, sie hieß Les Aiguilles Croches. In der Mitte erhoben sich zwei Spitzen, die eine Senkung voneinander trennte. Zum Tal hin sahen sie im Gegensatz zum übrigen abgerundeten Gebirge kantig und scharf aus, daher auch der Name Hakenspitzen.

Vom Kamm fiel jäh die ungeheure Gebirgswand herunter, vier Kuppen nebeneinander, in unvordenklich entfernten Zeiten waren sie auf einmal von einem Einsturz tranchiert worden, und es blieben vier oben abgerundete, senkrechte, wandartige Felsenscheiben übrig, rohbauartig, grau oder schwarz. Davor hatten sich auf einmal Brandwolken erhoben, Rauchschwaden, die übereinander einstürzten und sich gegenseitig in die Höhe trieben. Der aufbauschende Rauch durchschnitt die Landschaft an unerwarteten Stellen, es entstanden neue, abenteuerliche Aufteilungen: es gab also noch in schon überblickten Entfernungen unvermutete Landschaften zu entdecken.

Als würden sie den Weg nicht verfehlen, liefen die größeren Mitschüler hin, sie kamen aufgeregt mit erröteten Gesichtern zurück: er verstand nicht, was sie sagten. Auch er hätte gerne gewußt, warum der Bauernhof in Flammen stand. Er stellte sich die Küche vor und das Schlafzimmer, die dort niederbrannten. Immer wieder rollten neue Rauchwolken auf, manche, bräunlich-rosa, stießen besonders hoch auf, als ob das Feuer wieder neue Nahrung gefunden hätte. Bauern in Hut, Hemdsärmeln und Hosenträgern liefen gruppenweise die Straße entlang, man sah sie hinter den Häusern nacheinander verschwinden und, viel weiter, wo die Straße wieder sichtbar wurde, wieder auftauchen. Erst viel später hatte man vom Balkon des Kinderheims die Hupe des Feuerwehrwagens vernommen, viel zu klein für so große Rauchschwaden.

Vom Balkon aus, der das ganze Gebäude umspannte, beim Anblick der Brandwolken, die sich plötzlich ausbreiteten, fühlte man sich stark, wie vom Unglück anderer geschützt: es war, als überrage man Weltmeere, man brauchte nicht an die Eltern zu denken: Sehen schützte vor dem Heimweh.

Dennoch ließen sie nicht von ihm ab, sie drängten ihn immer wieder von seinen Sehplätzen weg: sein regloses Stehen war ihnen aufgefallen, und das störte sie, sie brauchten sein ständiges Fuchteln, sein stetes sich Verhaspeln. Sie brauchten seine Wutanfälle, sein Steinewerfen nach ihnen, wie er versuchte, die greifbaren Gegenstände gegen sie zu werfen. So konnte man ihn im Schwitzkasten halten und dabei die Waden peitschen, und trotz seines Schluchzens, er versuchte damit, heimtückisch die anderen zu erweichen, hörte er sich hinter sich selber hinterherlaufen: Unter dem Arm, gegen die Hüfte des anderen war er wie geborgen: als wäre er nur noch der gehende Hinterteil des anderen Jungen.

Es erregte ihn, geleitet, gedreht, umgewendet, weitergeführt zu werden. Geschleudert, geschleift wünschte er sich, mit gefesselten Händen und Knöcheln, ganz den Entscheidungen der anderen ausgeliefert. Wenn sie ihm die Arme an einen waagerechten Stock im Rücken festbanden und ihn zwangen, hinter ihnen her zu laufen, war der Schmerz, das Zerren in den Armen ein willkommenes Vergessen: man konnte sich auf die kleine Folter konzentrieren und stolz sein, daß sich die Passanten wunderten. Er tat als spiele er und ging trällernd an ihnen vorbei, was zeigen sollte, wie gut er sich mit seinen Mitschülern vertrug. Dabei hörte er seine Sohlen unter den hohen Tannenbäumen gegen den Asphalt der Straße klatschen. So brauchte man nicht an die Eltern zu denken, der Haß ließ einem keine Zeit mehr dazu. Oder sie banden ihn an eine Tanne fest, zogen ihm den Stuhl weg, hielten ihn beim Waschen fest und setzten ihm Wäscheklammern auf die Brustwarzen: und immer wieder waren jene kleinen Folterungen ein Heimwehschutz, er wand sich um den Schmerz herum und entdeckte sich selber dahinter: Er stellte sich ihre Schädel vor, wie sie unter seinen Schuhabsätzen aufbarsten.

Tückisch überfiel es einen doch immer wieder: es war alles noch da, der Tau und die Sonnenflecken zwischen den dunklen Baumstämmen, das Frühstück, die Stimmen und vor den Stufen der Veranda, die Blindschleiche. Der Garten und die Landstraße auf einer Seite, die sandige Allee auf der anderen: das Knacken der

Pedale, die Radklingel, auf der Schöningstedter Straße das Vorbeifahren eines Lastwagens: es wäre wieder ein Tag voll Entfernungen und von weither angeschweiften Meeresgerüchen gewesen.

Der alte Postbote war es, der vor Anstrengung röchelnd die Nachricht der Kriegserklärung brachte. Die Straße zum Kinderheim war so steil, daß er sein Rad vom Dorf aus ununterbrochen schieben mußte, während ihm die Tasche immer wieder auf den Bauch rutschte und er sie immer wieder zurückschwingen mußte; vom Kinderheim ab konnte er wieder aufsitzen. Er kam, schüttelte die Kuhglocke, die neben dem kleinen Windfang hing, und schrie: »La guerre est déclarée.« Der Krieg ist ausgebrochen.

Es stiegen weithohe Rauchschwaden empor, deren Ausgangsstellen bereits schon unter dem Horizont lagen, vor der untergehenden Sonne hörte man das dumpfe Gedröhne der Geschütze. Das stellte er sich vor, als er das Wort »Krieg« hörte. Die Eltern kamen ihm in den Sinn: sie standen im gelben Gras auf trockenem Erdreich irgendwo im

Osten – er hatte schon von der »Umsiedlung«
in den Osten gehört –, vielleicht würden sie in
einem Holzhaus wohnen, mit Blumentöpfen
vor den Fenstern. Er schämte sich beim Gedanken, daß sie vielleicht, wie Kinder, unglücklich
sein könnten. In ihm war ein unerklärliches
Vertrauen; er lebte im neuen Land, in Frankreich, das lag nach Westen: er stellte sich Häuser
vor, dunkel und hoch, die in Obstgärten standen, ein Land aber ohne Wälder; ein Bogen
überspannte die Zeiten und wies auf eine Zukunft, die zu beiden Seiten des Tals lag, da wo
die Berge in den fernen Horizont des Flachlands
ausliefen: diese Gegenden warteten auf ihn.

Der Herbst kam plötzlich: tagelang lag der
Nebel im Tal, und als wäre man höher als die
Welt, hatte man das Wolkenmeer unter sich,
wie abgeschnitten ragten die Abhänge auf einmal aus der Nebelschicht empor: Tannen standen mit den Wipfeln in der Sonne und mit dem
Stamm noch im Nebel. Vom Heim führte eine
steile Abkürzung ins Dorf hinunter. Das Spiel
bestand darin, den Abhang herunterzulaufen,
um im Nebel zu verschwinden. Man spielte
mit sich selber den Wanderer, der nicht wußte,
daß er nach ein paar Schritten im vollen Son-

nenschein stehen würde. Oben wieder angekommen, fühlte man sich stolz und stark so
über den Wolken zu leben, während das ganze
Dorf unten vom schönen Wetter nichts ahnte.

Je weiter die Jahreszeit fortschritt, desto
deutlicher und klarer wurde der Horizont: es
gab noch weitere Gipfel, die wie blaue Inseln in
der Ferne auftauchten und die man noch nie
gesehen hatte.

Es war wie die See der Kindheit, und wieder
wurde man von Reiselust gepackt, und es war,
als ob man die Zukunft sähe.

Bald kam eine starre, hohe Kälte, unter der
sich alles wie zusammenzog. Der Himmel
blieb unverändert, hellgrau und stumm, auf
der Straße, die oben auf der Bergschulter kaum
noch anstieg und schnurgerade verlief, gingen
sie dann nachmittags zwei oder drei Stunden
»an die Luft«, wie es hieß: das war im Pen-
sionspreis inbegriffen: »Jeder angebrochene
Monat ist vollständig zu bezahlen.« Wenn die
Kinder auf Spaziergang waren, konnte die Anstaltsleiterin aufatmen und sich eine kurze Zeit
lang als Besitzerin eines großen Hauses fühlen,
es war den Heimschülern befohlen worden,
auch richtig »durchzuatmen«. Für ihr Geld

sollten die Eltern doch etwas haben. Er, er brauchte es nicht, er war Dauerschüler und sollte sobald nicht wegkommen.

Mehr als fünfzig Jahre später ist jener Tag noch Gegenwart: die Farben dunkelten auf, wurden grell und scharf unter auf einmal indigoblau gewordenem Himmel. Ein Schüler rief: »les premiers flocons«, die ersten Schneeflocken. Leicht, trocken, schattengrau fielen sie vom Himmel herab, wurden weiß vor dunklem Hintergrund und verschwanden auf dem Straßenasphalt, als gingen sie darin unter.

Mit einem Schlag merkte er, daß er, ohne es zu wissen, schon seit Wochen französisch konnte. Es war, als ströme alles bisher Gehörte in dieses einzige Wort »flocons« ein, als verwirkliche sich auf einmal die ganze Sprache, es hatte sich die neue Sprache um ihn herum wie eine Raumbeschaffenheit entwickelt. Alles schien mit der Sprache im Einklang, es war, als wären die Häuser der Sprache nachgebaut, als wären ihr die Straßen nachgezogen worden. Ihr Klang lag so ganz anders, höher als das Deutsche, die Landschaften, durch welche die beiden Sprachen zogen, waren ganz andere. Deutsch: Es wurde von einem Waldessaum herausgerufen oder vom anderen Ufer eines Flusses, es wurde von einer Frau durch einen Garten gerufen, am Nachmittag, und die Sonne ging hinter Obstbäumen unter. Oder helldurchleuchtetes Waldgras stand über dem Schatten; im tiefen Nebel hörte man das Nebelhorn und stellte sich die riesigen Frachter vor, die geräuschlos, unsichtbar dahinzogen.

Französisch hatte er zuerst hier im Hochtal sprechen hören, verwundert, daß es auch in Frankreich Berge geben konnte, eine Drinnensprache, die mit Sesseln und Sitzen etwas zu tun hatte, er hatte sich hohe mit hellem weißlackiertem Holz getäfelte Räume vorgestellt, es war eine schwerlich draußen im Freien zu sprechende Sprache. Wenn er sie hörte, klang da immer ein wenig Stadt mit, eine Eisenbahnsprache für das Coupé. Er schmeckte sie jetzt mit dem Gaumen, tastete sie mit den Wörtern ab und hörte, wie sie ihm im Brustkorb klang, wenn er sie zu sprechen versuchte, immer leichter kamen die gewölbten rundlichen Klänge der Sprache aus ihm heraus.

Im Südwesten verliefen sich die Berge, da erst fing das Land richtig an: vom Balkon des

Kinderheims aus konnte er nach Paris zeigen: Paris, wo sein Vater 1900 gewesen war: Drehtüren, Spiegel, Straßen, die nur aus Cafés bestanden, braun gestrichene Eisschränke, die dumpf zuschlugen. Paris, das war das Viele, Gedrängte, Weite, Männer mit Schnurrbärten. Die Marseillaise hörte er jetzt öfters im Radio: durch sie hindurch glaubte er Paris zu sehen, sie hatte etwas Rapides, Zackiges und doch Freundliches zugleich: Durch sie fühlte er sich nicht bedroht.

Wer hatte ihm jene glatten Zettel geschenkt? Wenn man sie mit dem Bleistift bestrichelte, erschien eine Figur: ein berittenes Pferd oder ein Fußballspieler, der gerade den Ball wegschoß. Bevor man zu rubbeln anfing, die vage Hoffnung, es würde die Heimat erscheinen, man würde die Pappeln rauschen hören; jedes Mal war es aber zu spät, und doch lagen in der Ferne, für ihn bereit, die noch nicht erforschten Wege der Nachbarschaft: das Heimweh überkam ihn immer wieder.

Der erste Gebirgswinter, von Tag auf Nacht eine weiße Stille, in die dunkle Stämme und

Felsen hineinstanden. Die hart gekneteten
Schneebälle waren immer genau gezielt:
»Pourquoi toujours moi?« Warum soll es denn
immer ich sein? heulte er die anderen an, sie
wußten darauf keine Antwort, er war nun einmal er. Langsam taute ihm der Schnee im Kragen auf, und sich zwischen Kleidern und Haut
in Rinnsale aufteilend, lief er Brust und Rük-
ken herunter, ihn selber nachzeichnend. Er
wurde dann abgestraft: war er doch der einzige
– wie immer –, der naß nach Hause kam.

Er wagte es nicht, sich seiner Beschützerin
anzuvertrauen: sie hätte es wie die anderen gesehen, es sei seine Schuld, er solle seine Kameraden in Ruhe lassen. Von weitem sah er durch
die Tannen hindurch ein wenig vom Dach
ihres »chalet«. Der Sohn kam auch ins Kinderheim, zum Unterricht: er schrieb mit blauer
Tinte, eine riesige, unleserliche Schrift. Wenn
er nach Hause kam, schlug sie ihn mit einem
Besen, als schütze Reichtum doch nicht vor
Alltäglichem.

Ihr Sohn hatte auch größeres Spielzeug, als
er es je gehabt hatte, sogar ein Auto, in das man
einsteigen und mit Pedalen fahren konnte,
einen Ständer mit drehbaren Sperrholzvögeln,

auf die man mit einem Luftgewehr schießen konnte. Alle Räume waren groß und mit Teppichen ausgelegt, und er stellte sich Alfons den Chauffeur vor, wie er die übergroßen Spielsachen heineintrug.

Er hörte, daß seine Gönnerin, vorsichtshalber, wegwolle, und er mußte nun öfters zu ihr und dem Sohn; er wurde nachmittags verköstigt. Steif geworden vor Scham, mußte er Kakao trinken und Kuchen essen von einem niedrigen runden Tisch. Ihm wurde vor Anstrengung dunkel vor den Augen: er bewegte sich kaum, verhielt sich mit angespannten Gliedern an der Sitzkante der Sessel, in die sich hineinzulehnen ihm nicht einmal einfiel. Jedesmal wurde er als »dummer Junge« wieder fortgeschickt. Erst auf dem Weg zurück ins Kinderheim kam er zu sich selbst und konnte wieder ganz Körper werden.

Es kamen immer öfter junge Menschen ins Heim, ehemalige Schüler, mit Rucksack oder zugeschnürtem Koffer. Sie blieben ein oder zwei Tage, sie rochen nach Tabak, Bahnabteil und trugen an sich etwas von unbekannten Landschaften. Man sah sie die steile Treppe zum Nebengebäude heraufkommen; zuerst tauchten das Haar und das Gesicht auf, wurden dann Halbkörper, die auch Beine bekamen und vor einem als ganze Menschen standen. Ihm sagten sie immer, sie hätten nichts gegen ihn, eine böse Regierung sei nicht mit dem schönen Land der Musik und der Laubwälder zu verwechseln, dennoch fühlte er sich schuldig. In den Wochenschriften, die immer einer mitbrachte, fand er nun einmal die Helme der deutschen Soldaten schöner als die der Franzosen: die Stahlhelme waren moderner und schützten besser und für sich selber sagte er immer noch FLAK und Geschütz statt DCA und »canon«.

Allmählich fielen aber doch seine Vorstellungen und Bilder mit dem Land zusammen, wo er nun war und dessen Horizonte er in sich nachzuziehen versuchte. Die blonden jungen Leute mit leicht verschwitzter Haut – er hatte sich gewünscht, von ihnen umarmt zu werden – waren nacheinander wieder verschwunden: sie waren an der Front. Unten im Tal fuhren weniger Autos, und man sah nur noch Gestalten, die man schon kannte, über den Dorfplatz gehen: alle Sommergäste blieben aus. Es war, als ob sich die Landschaft zusammenzöge, den Atem anhalte.

Es wurde ein hoher, heller Sommer, ohne einen einzigen Regentag, und doch hörte man jedesmal, wenn jemand zum Sprechen ansetzte, das Wort »guerre« – Krieg. Rauhe, grünliche Gegenstände wurden gezeigt und herumgereicht. Unten im Dorf waren die Fensterscheiben dunkelblau gestrichen worden, im Kinderheim hatte man die kleinen runden Öffnungen in den Fensterläden zugestöpselt.

Obschon für ihn die Vollpension regelmäßig bezahlt wurde, fühlte er sich zum Mitesser geworden, er schämte sich, Deutscher zu sein, und stellte Vergleiche an: in seinem Teller stand der Suppenrand ein wenig tiefer als bei den anderen, er bekam dann auch nie Nachschlag außer bei Linsen oder Kichererbsen, die keiner mochte. Eine ständige Eßlust war in ihm, als gäbe es Vergessen nur mit vollem Mund. Gegen den Hunger konnte er nur mit dem Daumenlutschen ankommen: die anderen hatten es sich gemerkt. Die Arme wurden ihm festgehalten, und man stopfte ihm den Mund mit Papier oder Gras voll, bis er dem Ersticken nahe, vornübergeneigt, an ihrem La-

chen vorbeitaumelte. Jedesmal fiel ihm dann
dabei ein, daß er auf das Papierzerreißen hinter
ihm oder auf das Grasrupfen hätte acht geben
sollen. Rachenartig aufgesperrt, ausgeweitet
wurde man mit feucht-klobigem Gras vollge-
stopft, bis man, zum Zeichen, daß es einen
noch gab, nur noch mit den Armen fuchteln
konnte. Mit aufgerissenem Mund hörte man
um sich herum das Gröhlen der Mitschüler.
Man konnte noch so stoßen, den Grasknäuel
bekam man doch nicht aus sich selber heraus,
man mußte, während unter einem die eigenen
Beine strampelten, die Grasfasern nacheinander herausziehen; mit dem Finger bohrte man
in sich hinein, als wäre man zugewachsen. So
schwitzte er aus Todesangst, an sich selber zu
ersticken. Befreit, kaute er dann vor Müdigkeit nach; es war seltsam, mit leerem Mund auf
sich selber zu stehen.

So lernte er sich allmählich von innen kennen. Im Winter wurde ihm der Mund mit
Schnee gestopft, an dem die Zähne vor Kälte
zu zerspringen schienen und der den Mund
ganz anders als das Gras zufüllte. Jeder Zahn tat
getrennt weh, am blitzartigem Schmerz erkannte man sie der Reihe nach.

Am Ende des Winters war das Gras plötzlich wieder zum Vorschein gekommen, wie eine Behaarung, flachsträhnig in den Boden gepreßt, manchmal scheitelartig geteilt, vergilbt, blaß. Nach einigen Tagen sprießten dann die ersten grünen Spitzen durch, und unter der trockenen Oberfläche fühlte die Hand das gurgelnde Tauwasser. Unter all dem Schnee hatte also die Landschaft bereitgelegen. Jeden Tag erweiterten sich die länglichen Gras- und Erdflächen, die um Felsbrocken oder Baumstämmen entstanden waren. Der Sturzbach, der den Abhang durchschnitt, ein winziges Tal für sich alleine bildend, überflutete das eigene Bett. Die sonst trockenen Steine, auf die man im Sommer ertrinkende Ameisen rettete, waren von einer strömendglitzernden Glasur überzogen.

Abends im dunklen Schlafsaal fing dann die große Reise des Föhns an: er heulte durch das ganze Haus wie eine Stimme, in der ferne Landschaften sprachen. Immer wieder ließ der heisere Wind ab und hob wieder an, er hatte weite, sehr weite Gegenden durchzogen, von denen man später nicht wissen würde, daß man sie sich erträumt hatte.

## IV

Im Nordosten von Paris, ein wenig unterhalb des Telegraphenhügels, liegt der leicht abschüssige Place des Fêtes. Am oberen Rand von Hochhäusern gesäumt, stößt der Platz schiffsdeckartig vor. Man übersieht von da die Dächer der Stadt bis in die weite blaudunstige Vorstadtlandschaft hinein. Ganz weit dahinter verläuft, wie erstarrt vor Entfernung, die zu tief gelegene Horizontlinie.

Vom Platz aus zieht, unter dem spannweiten rotgelben Abendhimmel, langsam-still eine Straße, einem Strom gleich, zwischen den Häusern, als wäre sie in den Stadtkörper geschnitten. Sie wird von Laternen gesäumt, zu beiden Seiten schon angezündet, die den leichten Knick der Straße mit gelblichen Lichtkegeln nachzeichnen. Über dem Rand der höheren Gebäude ist das Rot des Himmels schon wie von Ruß überzogen. Und plötzlich weiß man, von woher?, daß damals, an jenem Tag, derselbe Himmel über der Loire stand. Und plötzlich auch steht man wieder im fahrenden Bus, durch dessen Fenster dunkles Gewittergrau hereinleuchtet. Oder auch, man geht über die Eisenbahnbrücke von damals; die beiden leicht abschüssigen Straßen an der Bahnsenke entlang bilden mit der Brücke zusammen die riesigen Balken eines durch die Landschaft gestreckten H. Jahre und Jahre später, man ist ein Jüngling, beim Zuschließen der Tür sieht man den gleichen roten, viereckig von der Dachluke ausgesparten Abendhimmel über der Dachkammer, in der man schuldig geworden war. Man entfernte sich, um sich dann spätabends den Anschein geben zu können, man wäre den ganzen Tag fort gewesen. Da lag man aber oder stand vor dem Spiegel, zog es stundenlang hinaus, bis man dann, den eigenen erfahrenen Fingern ergeben, in der Nachmittagsstille laut aufschrie. Und das alles, die ziehenden Wolken, die Pappeln am Stadtrand, Jahrzehnte früher, und doch zieht es durch die Brust, als sei es gerade gewesen.

Es ist, als ob nichts vergangen wäre, als treibe nicht irgendwo die Leiche mit der ihr nachziehenden Schärpe im Loirebett. Der neue Französischlehrer, der ankommen sollte! Man hatte die Internatsschüler vorgewarnt, er sei ein junger Gelehrter, und kaum verheiratet, sei er schon Witwer: Die Deutschen hatten bereits ganz Nordfrankreich besetzt. Im Fluchtgemenge waren der Lehrer und seine junge Frau bis an die Loire gekommen, um von da in den noch unbesetzten Teil Frankreichs zu gelangen. Aber die Deutschen hielten schon alle Loirestädte besetzt. Alle weiteren Brücken, welche sowieso immer fünf oder sechs Kilometer auseinanderlagen, waren gesprengt. In der Ferne, blauweit, die schräg über dem Wasser hängenden Träger, wie gekenterte Überseedampfer.

Nachts, bei hellem Mondschein – als wäre es noch Frieden – waren sie dann über die Loire geschwommen. Ihre Habseligkeiten – man war Hals über Kopf aufgebrochen und hatte beinahe alles zu Hause gelassen – hatten sie in einem Café in Saint-Fargeau untergestellt. Vielleicht war es ein Koffer gewesen, wie ihn alle Flüchtlinge haben, aus Pappmaché, in einem Kaufhaus erstanden, als hätte man in Friedenszeiten schon vom Krieg gewußt. In den Cafés stehen oft solche Koffer unter dem

Telefon oder neben dem Billardtisch. An ihren Gesichtern, der Blick ist immer geradeaus gerichtet, an ihrem schüchternen und zugleich resoluten Aufdrücken der Eingangstür erkennt man sofort die Kofferbesitzer.

In der hellen Sommernacht waren sie zuerst durch die Sandbänke und die Untiefen des beinahe ausgetrockneten Loirebettes gewatet und dann auf einen Priel gestoßen; sofort wurde die junge Frau von der starken Strömung fortgerissen. Verzweifelt versuchte er ihr nachzuschwimmen, konnte aber nur noch das Ende der Schärpe auffangen, welches ihm bald aus der Hand glitt. Die Leiche wurde nie aufgefunden.

Keiner der Mitschüler hatte den Französischlehrer ankommen sehen. Das Essen wurde ihm auf einem Tablett ins Zimmer gereicht, die Tür nur einen Spalt aufgemacht. Ab und zu schlich sich ein Schüler bis an die Tür, wenn er dann wieder herunterkam, berichtete er, schluchzen gehört zu haben.

Nach drei Tagen kam der neue Lehrer aus dem Zimmer, mit gedunsenem Gesicht und geschwollenen, geröteten Augen. Es wurden einem die Beine steif beim Gedanken, daß Erwachsene auch weinen konnten: vielleicht hatten sie sogar einen Körper und konnten nackt sein. Bei diesem Gedanken schüttelte man sich vor Ekel. Der neue Lehrer blieb nicht, am selben Tag fuhr er wieder ab: er hatte sich zu sehr geschämt, Witwer zu sein, als daß er Lehrer hätte werden können.

Das große braunverschalte Zimmer blieb eine Zeitlang leer, es standen zwei Betten nebeneinander; durch das Fenster sah man die Tannen und dahinter ein Stück Gebirgskette unter dem weiten Himmel: das hatte also ein Erwachsener gesehen, während er weinte. Immer wieder kam einem die Leiche in den Sinn, die an einem Hindernis im Wasser herumtrieb und nicht weiterkonnte. Währenddessen waren die Deutschen in Paris. Das Holzpflaster, die Straßen, von denen man ihm erzählt hatte, konnte er sich nicht vorstellen. Schwarze, blinkende Kutschen und Autos flitzten darüber geräuschlos hinweg. Vielleicht würde er Paris eines Tages kennenlernen.

Manche Kinder wurden plötzlich von dunkel gekleideten Leuten wieder abgeholt; überstürzt wurden ihre Sachen zusammengeholt, und auf einmal waren sie nicht mehr da. Es kamen andere an; blaß, mit schon, wie Erwachsene, ausgeprägten Gesichtszügen und zerknitterten Kleidern, die in schwarzen langen Wagen angefahren wurden. Im stehenden Wagen wurde noch geredet, ein dumpfes Geraune; durch die Türen sah man aufgebauschten Pelz und weiße Hände, dann fuhr der Wagen plötzlich ab.

Von jenem Sommer 1939 ist nur das Wort »guerre« geblieben, Krieg, das immer wieder vorkam und das man aus noch Unverstandenem sofort heraushörte, oder die Erinnerung an die letzten Aufläufe, bevor die Lebensmittelkarten kamen und es immer weniger zu essen gab, die ovalen Formen, die auf den Untersatz gestellt wurden; die Kruste braun mit gebackenem Käse überzogen, darunter, übereinandergeschichtet, die Kartoffelscheiben, von Eidotter und Milchlachen umgeben, es war der »gratin dauphinois«; man saß davor und bekam plötzlich die Erlaubnis, den Rest alleine aufzuessen, es war eine Freude, die den Körper erweiterte: so viel gab es noch in der Form; die Kartoffelscheiben ließ man am Gaumen zergehen, und mit vollem Mund fühlte man sich geschützt und behaglich.

Es kam ein schütterer Herbst mit aufdunkelnden Farben und schmalen hellen Pfaden, welche die Mulden der riesigen Abhänge durchzogen. Nebelschwaden trieben durch das Tal und waren dann auf einmal verschwunden.

Man hatte ihn in ein »chalet« befohlen; der Weg dahin war ihm beschrieben worden; ohne zu verstehen weshalb, sollte er da »beköstigt« werden. Die Angst, das Chalet nicht zu erkennen, schnürte ihm die Brust zu. Es stand ein wenig abseits, er hatte es schon oft gesehen. Es schien aus einem einzigen, sich selber zu beiden Seiten herunterreichenden, holzverschalten Dachgiebel zu bestehen. Im Erdgeschoß stand noch ein Fenster offen, die tiefen Klubsessel im Halbdunkel, im Abreiselicht, bevor man alles zumacht.

Leute, die er nicht kannte, schenkten ihm da eine Tafel Schokolade, die erste, die er in seinem Leben für sich allein bekommen hatte; sonst war jede Tafel immer unter mehreren aufgeteilt worden, oder die Eltern gaben einem einen Riegel davon, und das Bild zwischen Umschlag und Silberpapier? Auf das Zurechtglätten des durch das Öffnen zerknüllten Silberpapiers mit dem Daumennagel oder einem Bleistift freute man sich im voraus, die Geste dazu fühlte man bis in beide Schultern hinein. Daß man etwas Eßbares wie ein Buch zwischen Büchern aufstellen konnte, hatte ihn schon immer erstaunt. Die Tafel war wie ein dünnes Buch, und doch konnte man sie essen.

Er trug sie unter seinem Pullover versteckt ins Heim zurück, und da jeder im Gemeinschaftsraum sein Fach hatte, aus Holz mit gefirnistem, aufklappbarem Deckel, konnte er sie unbemerkt hineinlegen: er hatte noch von zu Hause einige Bücher mit schönen Bildern mitnehmen können: »Märchen«, »Erzählungen«, »Im Wald und auf der Heide« von Hermann Löns, das Leben des Johann-Hinrich Wiechern, das er immer wieder las, beinahe schon auswendig konnte und das ihn jedesmal zum Weinen brachte: die Stelle vor allem, wo Wiechern dem jungen Dieb den schönen gestohlenen Federkasten schenkt. Als er dann einige Jahre später in den »Misérables« von Victor Hugo die Stelle zu lesen bekam, wo der Bischof Myriel den Gendarmen sagt, er hätte dem ausgebrochenen Sträfling die in Wirklichkeit gestohlenen wundervollen Leuchter geschenkt, hatte er laut aufgeheult.

In seinem Fach durfte er auch Hefte, Federhalter und Watermantintenfaß unterbringen
und ein immer mehr abgeschabtes Märklin-
spielzeugauto aufbewahren. Er strich manchmal mit der Hand darüber, vielleicht genügte
es, die Augen dabei zu schließen, um noch zu
Hause zu sein. Als er dann die Tafel Schokolade in das Fach mitten zwischen die Bücher
stellte, spannte sich der Körper schon in der
Vorfreude des Aufmachens an: die zwei Stellen, die die Papierhülle zuklebten, konnte man
behutsam aufkriegen. Von der ehemaligen
Form, spiegelblank, leicht gewellt, konnte
man dann das Silberpapier zurückklappen; die
braune, glatte, aber doch mit winzigen Koch-
blasen überzogene Schokolade stellte man sich
schon vor, wie man sie zwischen Zunge und
Gaumen langsam zergehen ließ. Der Hunger,
der den Körper immer aushöhlte und schwach
machte, würde eine Zeitlang gestillt werden.

Später aber, als er den Klappdeckel seines
Fachs aufmachte, sah er, bevor er es noch fest-
stellte, daß die Tafel Schokolade nicht mehr da
war. Er blieb stehen, den Deckel auf dem Kopf
aufgestützt, beide Hände frei, und so konnte er
warten, bis die Verzweiflung in ihm oben war,

bis die Stimme aus ihm herausschlug, sich
überschlug.

So viel Französisch verstand er schon: er
hätte sofort bei der Rückkehr mit seinen Kameraden teilen sollen, zur Strafe bekomme er
nichts: vor ihm stand ein Schemel mit rohem,
aber vom Hin- und Herwetzen blank gewordenem Sitz, in der Mitte eine handbreite Öffnung zum Davontragen. Trotz der Wut
brauchte sein Arm einen Augenblick länger als
erwartet, und die Aufseherin konnte ihm noch
den Arm halten, bevor er ihr den Schemel ins
Gesicht schleuderte. In ihm war nichts anderes
mehr als Mordmasse.

Allmählich war es Nacht geworden, die
Dunkelheit drückte gegen die drei großen
Fenster: die Helle des Deckenlichtes prallte
gegen sie ab. Jemand nahm ihn in den Schwitzkasten, und während man ihm die Hose und
die Unterhose herunterzog, fühlte er sich hinter sich selber weiterreichen, immer noch Kör-
permasse. Die Kälte sparte ihn aus der eigenen
Form aus. Das Warten, ein Kribbeln unter der
Haut. Als der erste Schlag fiel, hatte er sich
schon seit jeher erinnert, daß man einem Mitschüler befohlen hatte, sich den Gürtel aus den

Schlaufen zu ziehen, er hatte das Rutschen gehört; man hieb auf ihn von der Seite ein, mit aller Wucht, der Schmerz war so rasend, daß er
größer schien als er selbst; das Denken wurde
aber trotzdem in ihm immer schneller: wenn
man wüßte, wie weh das tut, würde man ihn
nicht prügeln. Seltsam, aber zugleich dieser
Stolz in ihm, daß er es war, den man da züchtigte, daß er es war, der sich wand und der
heulte, daß ihn alle anderen dabei sehen konnten. Als man ihn endlich losließ, kollerte er vor
Schmerz, klappte auf und zu, messerartig,
wälzte sich auf den Fliesen herum, die Beine in
der Hose verfangen, und er sah das alles wie die
anderen *mit,* sah sich auch die Unterhose von
den Knöcheln wegstrampeln, um mehr Platz
zum Ausschlagen zu haben.

Ohne Essen wurde er, zur Strafe, in den
Schlafsaal nach oben geschickt: er hatte es aber
schon gelernt: mehrere Glas Wasser nacheinander täuschten einige Zeit das Hungergefühl
weg. Im Waschraum, wo man ganz allein für
sich weinen konnte, standen die Waschbecken
nebeneinander, zwischen ihnen verlief die
dunkle Trennungslinie, sie war derjenigen
ähnlich, die man selber zwischen den aneinan-

dergepreßten Schenkeln hatte. Eine dunkle Ritze, in der man vielleicht geborgen wäre, von einer schmalen Nacht geschützt wie der Däumling. Es war ein immer wiederkehrender Traum; in der warmen gewölbten Dunkelheit des Ohrs eines Pferdes, das unter ihm dahintrabte, wäre er mitgereist, fortgetragen vom riesigen Leib unter ihm: wäre er durch Landschaften gezogen, durch Felder und Wälder, während die Ohrmuschel über ihm aufragte, eine zarte Wärme ausstrahlend. An den Ohrrand gelehnt, hätte er alles vorbeiziehen sehen, und niemand hätte von ihm gewußt. Der Traum überkam ihn immer, wenn ein Größerer ihn zu sich niederzwang und ihm den Kopf zwischen die Schenkel nahm: im Hautdunkel wurde er dann zum Däumling, wärmegeborgen.

Aus Südosten kam der hier so oft wehende Föhn, wimmerte durch das Dachgerüst auf, trug ferne Landschaften heran und ließ wieder ab. Man sah weite Wälder unter dem Mondschein. Vielleicht hätte er jenen Wind auch in Neuseeland gehört. Von Neuseeland war als möglichem Zufluchtsland geredet worden; die Richtung hatte er sich damals schon vorgestellt und von Brücken aus oder freien Plätzen auf Neuseeland oder Frankreich gezeigt; ihm hatte sich vor Vorfreude und Erwartung der Magen zugeschnürt, übcr das Rote Meer, so wie es auf der Karte zu sehen war, über Colombo auf der tropfenförmigen Insel Ceylon und von da aus geradeaus hinunter bis zu diesem auseinandergebrochenen Italien. Er erinnerte sich an ein Bild von Wellington, von einer leichten Anhöhe aufgenommen: längliche Nachmittagsschatten, Gärten und Treibhäuser unter Bäumen verstreut, man sah genau den ganzen Weg, den man noch zu gehen hatte bis zur gar nicht so entfernten Stadtmitte. Da lagen die großen Dampfer vor Anker.

Oder es kam der Föhn von einer Stadt, am Abend, unter hohem gelbem Himmel, an dem violett-braune flache Wolken dahinzogen. Zu beiden Seiten des Flusses, von golden aufspiegelnden Wellen überzogen, standen Häuser, auf einem Ufer dunkel, auf dem anderen aber noch sonnenhell.

Manchmal ließ der Wind nach, und es entstand oben im Schlafsaal eine senkrechte Stille, unter der man ganz weit eine Tür gehen hörte oder eine Stimme. Plötzlich hörte man das

Rauschen des dunklen Wassers, ein Nahge-
räusch in der hohen Nacht oder das dumpfe
Zerren im Holz, das langgezogene Knacken
in den Balken des Dachgestühls. In solchen
Windstillen schien das Haus sich in sich zu-
rückzudehnen, und wenn dann das Geheul
des Föhns wieder anfing, setzte auch die Vorstellung wieder ein: über dem Meer dunkler
Himmel. Er ist Schiffsjunge, wie er ihn damals im Kino in einem Vorort von Florenz
gesehen hatte: Klappsitze, Geschrei, Rufe
durcheinander, hohe gelbangestrichene Wände, um die herum eine Holzgalerie lief, die in
den Raum hineinhing: die Dunkelheit, und
ein Fischerkutter stach in See: mitten unter
den derben Männern mit rauhen, bärtigen
Gesichtern und tiefen Stimmen auch jenes
zarte Gesicht, die zarten Züge des Schiffsjungen, der mädchenhaft in ihrer Mitte stand: im
Film wurde er zu Prügel verurteilt, am Mast
festgebunden sollte er entkleidet gestäupt
werden, aber es kam der Sturm, und der
Junge ertrank in den Armen eines der rauhen
Matrosen; als man nur noch die Südwester
der Matrosen auf den Wellen treiben sah,
hatte er geweint. Das letzte Bild des Films,

von oben aufgenommen, zeigte den Heimat-
hafen, Trauerkränze wurden ins Meer gewor-
fen, und die beiden Kränze des Schiffsjungen
und des älteren Matrosen waren im Wasser zu-
einandergetrieben worden: der Film hatte
»Capitani coraggiosi« geheißen.

Unten waren sie noch beim Hauptgericht,
die Pendeltür zur Küche hinunter hatte er erst
zweimal gehen hören. Suppenschüssel und
Teller waren wieder hinausgetragen worden:
bei jeder Mahlzeit gingen die Türen sechsmal.

Das Heck stieß unter dem Sturm wieder in
die See. Im Tagtraum wurde er zur Strafe aus-
gezogen, unter seinen nackten Füßen fühlte er
den Wasserfilm auf den von den Wasserböen
übersprühten Brettern des Decks. Unter dem
Gelächter der umstehenden Matrosen fesselte
man ihm die Hände und band ihn an ein Seil
fest, vor aller Augen wurde er hinuntergelas-
sen, unter dem Schiff durch und an der anderen
Seite wieder hochgezogen; dann sah er sich
glitzernd naß, fischartig, daliegen, um seine
gefesselten Hände herumgekauert, und im
Vorbeigehen stießen ihn die Matrosen leicht
mit den Schuhspitzen an, während er nach Luft
rang. Welche würden ihn sogar mit dem Fuß

anheben und umdrehen; allen Blicken ausgesetzt, zitterte er vor Kälte und Scham. Von irgendwoher käme dann doch eine rettende Hand, man würde seine Unschuld erkennen, und man würde ihn in eine holzgetäfelte Kabine bringen und behutsam betten, der Kapitän käme selber, um ihn seiner Ungerechtigkeit wegen um Verzeihung zu bitten, und dann, im Dunkeln liegend, würde er den Wind durch die Schiffswände heulen hören, und vor dem inneren Auge erschiene ihm die Heimat, die Sonne stünde hinter Buchenkronen; vor den aufdunkelnden Farben das hochschwebende Waldgras. Im Garten lagen die großen Findlinge mit grünbemooster Nordseite. Sie waren nichts als Stein, bis in sich selber hinein nur Stein, Stein bis zum Ersticken, Stummstein, arm- und beinlos, eingesteint in sich selbst. Sie standen da, ein wenig in die Erde eingesackt.

Der Vater hatte ihm erzählt, die Steine seien vor Jahrtausenden mit den Gletschern von Norden aus Schweden oder Norwegen gekommen, und nach der Färbung des Granits könne man genau wissen, aus welcher Gegend sie stammen.

Von Norwegen hatte er Bilder gesehen, hohe wolkenumhüllte Berge mit weiten, grünen Flanken; die Steine waren über ganz Schleswig-Holstein gezogen, durch die ganze Landschaft gerutscht. Dann hatte er später ähnliche Steine in Italien gesehen, zu Palästen aufgeschichtet. Der Föhn kam von so weit her, daß es ihn in der Bauchwand vor Sehnsucht zurrte.

V

Nach Westen, zur Sonne hin, stößt der Kanal in die Stadt hinein, eine flache, wie aus schwerem Gold violett aufschwappende Schicht, zu beiden Seiten in dunklen Häuserfronten ausgespart. In die umgekehrte Richtung, nach Osten, reicht der Wasserstrich gerade und schmal bis in den Horizont hinein. Lange geht man am Kanal aus der Stadt hinaus. Nach einer jähen Kurve wird er zum Canal de l'Ourcq, eigenartig in die Vorstadt hineingeschnitten. Brücken ziehen dunkel oder hell, entweder wie eilig oder langsam, je nach der Form ihres Bogens, von einem Ufer zum anderen. Der Kanal ist ein Steinwurf breit, und im Körper regt sich immer wieder die Lust, hinüberzuspringen, aber die Ufer liegen wie weltweit auseinander: von jedem entfernen sich stille Straßen in entgegengesetzte Richtungen. Im Winter steht die Sonne am Ende des Tages genau über dem Kanal: goldrot leuchtend, von blaudunklen Pappeln gesäumt,

wird er erinnungsweit: über stillen, sonntags-
leeren Fabrikgebäuden stehen die hohen, am
unteren Rand violett gefärbten Wolken. Möwen kreisen über dem Wasser, als wäre es
schon das Meer, und es kommen einem Bilder
von weit her an.

Im Gebirge hatte es nur schäumende, wilde
und steile Gewässer gegeben. Über einem
hörte man das dumpfe und zugleich schrille,
ununterbrochene Stampfen des Wasserfalls:
einer der beinahe täglichen Spaziergänge des
Kinderheims.

Der Pfad schlängelte sich an Felsvorsprün-
gen hinunter, wie vom Wassergeräusch über-
dacht, senkrecht hing der Tropfenschwall, un-
bewegt, sich vom übrigen Wasser unterschei-
dend, zugleich erstarrt und für immer verschwunden, sich aber unaufhörlich wieder
nachbildend, ein stürzender Dunst.

Unter dem Wasserfall lag ein Staubecken,
das das kreisende Wasser langsam im Laufe der
Jahrtausende in den Felsenboden eingeschlif-
fen hatte. An den Rändern war eine Handbreit
Strand, und ganz unten, in der himmellosen
lauten Schlucht, hatte man plötzlich ein fernes
Meereserlebnis: das Knarren der Strandkörbe,

die plötzliche Hand des Windes, wenn man den Kopf drehte, und das leise kitzelnde Schlagen des Bademantels an die Knöchel, das Scheppern der hellroten Kinderschaufel, den Sand, den man davon nie wegbekam, und der Himmel, der einen bis an die Knie kam. Darüber, hinter der Kimm, stand die Sonne, und in plötzlich aufscheinende Fernen warf sie aufblinkende Meeresstellen.

Wenn man dann, nach dem Spiel, mit wundgescheuerten Knien den steilen Abhang hinaufstieg, gab es immer eine Stelle, wo man fast das Gesicht auf den Erdboden aufstützen konnte, als hätte man sich an der Erdoberfläche weiterfressen können, mit dem Rand der Landschaft immer in Augenhöhe. Ein Schritt genügte, und schon stand man viel höher über dem Erdboden, unter der Weite des Himmels, den man auf beiden Seiten herunterreichen sah. Es tat einem leid, daß man soviel Tageshelle, soviel Weite versäumt hatte, da unten im Halbdunkel des Wasserfalls, wo doch den ganzen Nachmittag lang jeder Knabe versucht hatte, lauter zu sein als das Wassergetöse, wo keiner ihn hatte spielen lassen wollen, wo einer

ihm die kleinen Deiche zerstampft hatte, die er
sich aus Kieselsteinen zu bauen versucht hatte.
Als man ins Heim zurückkam, wurde er ohne
Essen ins Bett geschickt, weil er böse gewesen
war: am Bein trug einer der Jungen noch die
blau-gelbe Stelle einer seiner Fußtritte.

Es kamen dann auf einmal kalte Herbsttage,
alles schien sich zusammenzuziehen in Erwartung des Schneefalls. Die Straße führte an hohen, zugesperrten Hotels vorbei, deren über-
einanderstehende Fenster mit blauen, dunkel-
grünen oder roten Läden verrammelt waren:
während der Spaziergänge hatte er sich oft dahin geflüchtet auf eine der Holzgalerien, die die
verlassenen Hotels umgürteten: die Holzplan-
ken leuchteten sanft in der Sonne: hell, mit
einer dünnen Lichtschicht überzogen. Nach
ein paar Minuten fand er da zu sich selbst zurück: er hörte die Stimmen der anderen sich
entfernen, die noch ab und zu seinen Namen
riefen, und er stellte sich vor, in Hut und Mantel auf Weltreise zu sein: Hinter ihm im Zimmer waren die Diener gerade dabei, seine Koffer auszupacken.
   Weit unter ihm die Straßenschleife, die mit-

ten durch die hohen Tannen geschlagen worden war: rauh-braune Stämme, dazwischen der Einschnitt der Straßenschneise. Auf der Hotelgalerie konnte man sich an der Weite der Landschaft erholen, und je länger er um sich herum die Blicke gleiten ließ, desto mehr beruhigte sich sein Ein- und Ausatmen; er fühlte sich wieder stark werden; das Heimweh brauchte man nur am Rand von sich selber flachdrücken, es einfach nicht in den Innenraum des Selbst hineinlassen, die Wände dicht halten, das Weinen abstemmen, den Mund weit aufsperren, die Luft einziehen.

Im voraus schon hatte er gewußt, daß die anderen nicht denselben Weg zurückkommen würden, nur damit er sich nicht anschließen könne und zu früh oder zu spät zurückkomme und bestraft werde: er tat vor sich selber, als wüßte er nichts davon, als habe er sie nicht hintereinander wie Indianer weit über dem Hotel durch die Wiesen zurückschleichen sehen. Er hatte wichtigeres zu spielen: Hoheit auf Reisen oder Missionar kurz vor der Abreise nach Afrika, der nicht wußte, daß er einige Monate später am Marterpfahl stehen würde, vor der untergehenden Sonne am riesigen rotflammenden Horizont; vor ihm, auf dem schon dunklen Boden, würden sich kleine Staubwölkchen kräuseln, und er würde sich unter den Augen der lachenden Kinder und Frauen unter den Peitschenhieben krümmen: Wonnetränen kamen ihm in die Augen: später gäbe es von ihm geweihte, braunumrandete Andachtsbilder mit seiner verblaßten Fotografie. Verwirrte Jünglinge würden sie in ihren schönen ledernen Meßbüchern aufbewahren und während der Heiligen Messe sich sein Gesicht anschauen, sie würden sich seine Marter vorstellen, bei der es erlaubt war, ganz nackt zu sein.

Als er an der verriegelten Internatstür klingelte, waren die anderen schon längst wieder da: er brauchte nur weiterzuspielen, daß es ihn gar nicht gab, daß er nicht gemeint war, daß er sich diesen verspäteten Knaben nur mit ansah. Auf sein Klingeln, es war immer stürmischer geworden, wie zur Herausforderung des Unausweichlichen, wurde ihm von einer Aufseherin geöffnet: vor ihm stieg die kaum beleuchtete Treppe steil herunter, hinter dem Windfang, schluchtartig: im unteren Stock lag das Speisezimmer, welches tagsüber auch

Klassenzimmer war und wo schon alle anderen auf seine Ankunft warteten, zusammen, alle nebeneinander und doch jeder einzeln für sich; er hatte nichts in der Hand, das er ihnen ins Gesicht hätte schleudern können, kein Gußeisengewicht, keinen Schemel mit ausgespartem Griff.

Alles war im voraus abgekartet, vereinbart gewesen. Die Aufseherin ergriff ihm das Handgelenk, die Direktorin des Heims stellte sich neben ihn, um so zu mehr Schwung zu kommen. Man zwang ihn, die fünf Finger der linken Hand – die brauchte man nicht zum Lernen – aneinandergepreßt hinzuhalten, und mit voller Wucht schlug sie mit einem viereckigen Holzlineal auf die zusammengepreßten Fingerspitzen; der Schmerz war derart rasend, daß er in sich einknickte und in die Knie fiel, aber auf halber Höhe an sich selber hängenblieb. Der Schmerz stieß stangenartig in die Knochen hinein: keiner konnte sich ihn vorstellen, sonst würde man nicht schlagen. Als man aufhörte, blieb er heulend mit zusammengepreßten Fingerspitzen stehen, als erwarte er weitere Schläge.

Nach einiger Zeit blieb nur noch ein Wissen

vom Schmerz übrig, keine Erinnerung. Er flüchtete sich auf den Abort, einen gelb angestrichenen Ort mit roten Fliesen, den man ganz für sich alleine haben konnte. Da hielt er sich die Finger vors Gesicht, zusammengedrückt, wie man es ihm zur Strafe befohlen hatte, eine Geste, die er an sich selber noch nicht gekannt hatte.

Es überkam ihn das Bild von ihm selbst, wie er an der eigenen festgehaltenen Hand gehangen hatte, und es flossen ihm die Tränen des Selbstmitleids über die Wangen: den Unglücklichen spielte er nur als Lügner seiner selbst. Es war eine plötzliche, unverständliche Freude in ihm, so deutlich, als habe der Schädel Innenseiten, ein Selbstgefühl, wie er es noch nicht gehabt hatte. Und jenes Gefühl würde sich bis an sein Lebensende nicht mehr verlieren. So wie gerade jetzt würde er für immer in sich selbst stehen.

Der Herbstregen hatte angefangen, der schlagende, stechende Gebirgsregen, ganz anders als das Nieseln der Kindheit, der wie fädelnde Regen Norddeutschlands, hier war es ein reißender Regen, breit und schwer, der alles durchdrang. Tagelang dauerte er an; die Berge rings herum waren unsichtbar geworden, es gab nur noch den feuchtgrünen, grau angehauchten, steil herunterstürzenden Abhang. Die Rettung des Draußen gab es nicht mehr.

Wenn sich die Wolkendecke doch von Zeit zu Zeit hob, ohne daß der Regen jedoch nachließ, glitzerten auf allen Abhängen unzählige Wasserrinnen. Die Wege waren gelb glitzernde Bäche geworden; vom Regen ausgehöhlt schoß aus ihnen sandig-steiniges Wasser hervor. Ab und zu kam dumpfes Gepolter von den wieder unsichtbar gewordenen Bergen. Eine Wasserblase war sogar an einem Abhang geplatzt und hatte einen Schlammstrom gebildet, der einen gerade gefällten Baumstamm mitgerissen hatte mit solcher Wucht, daß er beim Aufprall gegen eine Steinmauer am Fuß des Berges sich der Länge nach aufspaltete und in zwei Längshälften auseinanderklaffte.

Im Haus konnte er den Mitschülern noch weniger entkommen, es gab keine Freiräume mehr, keine Entfernung, er hatte keinen Platz zum Ausweichen. Es gab keinen Ausweg, keine Ecke, wo man für sich alleine stehen konnte, sofort wurde man abgedrängt, fortgestoßen. Nie hatte man Zeit zum Durchatmen, ganz selten nur gab es Augenblicke, wo er sich mit dem ganz neuen Gefühl, das er von sich selber hatte, abgeben konnte. Immer waren es zwei, auch nur einer, die hinter ihm her waren, die ihm die Rede im Mund verdrehten, ihn verklagten, ihn beschuldigten, ihm die Bank wegrissen, wenn er sich setzen sollte, und sich unwissend lächelnd stellten, wenn er bestraft wurde. Neben ihm gesessen, kniffen sie ihn so heftig und unerwartet, daß er vor Schmerz jaulend aufsprang und auf sie einschlug: an ihm konnte man Fortschritte machen, List, Klugheit und Einfälle erproben.

Das hübsche schwarze Moleskinheft gehörte einem etwas schüchternen Jungen, der ihn kaum ärgerte. Oft saß er da vor seinem Heft, dessen violetten Schnitt er zusammendrückte, damit die Farbe tiefer leuchte, oder er streichelte mit der flachen Hand den glatten Moleskindeckel. Er öffnete es oft, setzte zum Schreiben an, ließ die Hand mit dem Federhalter auf dem ersten Blatt ruhen, getraute sich nicht, in das schöne Heft hineinzuschreiben, als wäre es mit dem ersten hineingeschriebenen Buchstaben für immer verdorben gewesen, als würde er nie sorgfältig genug schreiben können.

Als die Kinder dann zurückkamen: die viereckige Türöffnung ließ sie, zu zweit, gleichzeitig durch; einen kaum spürbaren Augenblick war es, als stünden sie für alle Ewigkeit, wie auf einem Foto. Hinter ihnen sah er ihn mit offenem Mund hereinkommen, über die Schultern der anderen hatte er schon alles gesehen, mit vorgestrecktem Arm ging er bis zu seinem Platz: der Deckel war vom Heftkörper abgerissen worden und sorgfältig zerstückelt, damit es aber auch keine Möglichkeit geben könnte, ihn wieder aufzukleben. Die Pappschicht unterhalb des Moleskinstoffs war in Stücke zerrissen worden. Vom Heftchen selber war kein einziges beschreibbares Blatt übriggeblieben. Stoßweise waren sie in vier zerrissen worden. Die Zerstörung hatte bestimmt Zeit in Anspruch genommen, und man hatte es sich in aller Ruhe überlegen können.

Dem Kind liefen die Tränen über die Wangen, es heulte vor Kummer und Verzweiflung. Was da geschehen war, war nie wieder rückgängig zu machen. Nie wieder würde er davon abkommen. Weinend ging der Junge auf ihn zu: »Wie böse du doch bist, das hätte ich von dir nie gedacht, und ich habe dich doch nie geärgert.«

Und von ihm hatte der Junge ausgerechnet das Böse erfahren müssen. Er war ein Böser. Die anderen hatten recht, ihn unentwegt zu ärgern; sie hatten an ihm das Böse erraten. Sie hatten es immer schon gewußt, der Böse war er.

Nun war es für immer zu spät: den Kummer des andern Jungen würde er bis zum Lebensende in sich tragen, nie wieder würde er das zerrissene Heftchen vergessen können, immer würde sein innerer Blick die Augen des anderen treffen. So oft schon hatte er sich vorgestellt, wie er die Spielsachen der anderen, die ihn immer ärgerten, zerstampfen, zertreten, zerreißen würde, aber im letzten Augenblick hatte ihn doch das Mitleid immer wieder gerettet, es war dann doch nicht zu spät gewesen. Von jetzt an hatte er nicht mal auf das herrliche Weinen noch ein Recht.

Diesmal mußte er zur Strafe eine halbe Stunde lang auf dem Lineal knien, mit dem man ihm sonst auf die Finger schlug. Wenn man versuchte, die Knie leicht anzuheben, um den Schmerz ein wenig zu lindern, war der Schmerz im anderen so groß, daß man sofort wieder auf beiden aufkniete; sich auf die Füße aufstützen war verboten: in sich selber war man nur noch die Schmerzkante, die einen durchstieß und den ganzen Körper durchschnitt. Es war ein dumpfer und zugleich ziehender Schmerz, der in einem hämmerte und das Atmen hinderte. Weinen hätte angestrengt und das Lasten des Körpers auf dem Lineal nur noch verstärkt. Als dann die Strafe vorbei war, hatte er nicht aufstehen können, sondern, auf die Hände gestützt, hatte er sich zur Seite fallen lassen: die anderen umstanden ihn, als zeige er ihnen eine Möglichkeit ihrer selbst, wie er da auf dem Boden zusammengewinkelt heulte.

Ohne Essen wurde er wieder einmal zu Bett geschickt. Von weit her drangen die Essensgeräusche zu ihm herauf: Tellerklappern, Messer- oder Gabelscheppern, wie man sie nie hört, wenn man dabeisitzt. Eins der großen Balkonfenster des Schlafsaals hatte er geöffnet. Die Geräusche schienen von den Treppen und Wänden verlangsamt zu sein, und es war, als säßen Unbekannte in unbekannten Räumen.

Auf einmal – er hatte es bis dahin noch nie wahrgenommen – übertönte das Rauschen des Baches am Wiesenrand alles andere: ein nie aufhörendes, sehr weit entferntes Getöse von kaum hörbaren Unregelmäßigkeiten begleitet, als staue sich das Wasser auf, warte einen Augenblick und bräche dann plötzlich durch und flösse nach. Seitdem er hier im Heim war, hatte er das Rauschen des Baches immer wieder überhört: dumpf, und dabei doch seltsam schrill, durchzog es den ganzen Raum.

Sobald man aber das Fenster schloß, war es verschwunden, und es blieben nur noch die Stimmen und das Klappern der leeren Teller: sonst war er es immer gewesen, der sie wie Säulen aufeinandergestapelt in die Küche hinunterzutragen hatte. Er mußte die Vorderarme vor sich ausstrecken, und die Mitschüler legten ihm die Teller nacheinander auf die Hände, mit jedem drückte es ein wenig mehr auf ihn ein, und er freute sich, daß er so viele tragen konnte, daß er jeden Tag mehr davon tragen konnte, ein sich in ihm einhärtendes Gewicht, das ihm immer mehr die Arme nach

unten drückte. Langsam ging er dann, Stufe
für Stufe, mit der Fußspitze nach der Kante
tastend, die Treppe hinunter. Nie war ihm
die Tellersäule heruntergefallen. Schwere Lasten trug er gerne, es zuckte ihm dann durch
den Körper: Tragen, Niedergedrücktwerden.
Schweres, das ihm die Brust zudrücken würde; Arme und Bauch mit Lehmmassen zuge-
deckt. Er könnte sich nicht mehr regen, er
wäre nur noch steinartig in sich selber eingeschlossen; zugemauert, niedergedrückt, rund,
zugeschnürt würde er nur noch daliegen, den
anderen zur Verfügung. Sie würden ihn nehmen, ihn anfassen, ihn in sich hineindrücken.
Er wäre nur noch eine kleine Bewußtseins-
kugel zwischen warmen nackten Schenkeln.
Eingeschlossen würde er sein, nur noch auf-
gemalte Sitzfläche, flach auf das Sitzpolster
aufgedrückt, dabei würde er die eigene, rund-
förmige Zarge um sich selbst herum unter
dem auf ihm aufsitzenden Fleisch durchfüh-
len. Unter dem Fleischgewicht auf ihm wäre
er nur noch Sitzfläche, für jeden bereit. Er
hätte Hals und Kopf zudrückende Fleisch-
massen zu tragen, eine weiche, warme Haut,
die sich um ihn schmiegen würde, und der

Körper über ihm würde sich sogar ein wenig hochstemmen, damit sich die Innenseiten der Schenkel noch besser um seinen Kopf schließen könnten. Er hatte die Augen geschlossen, als lerne er seine eigene Zukunft kennen: als wüßte er heute schon, daß man sich im Schlafsaal Jahre später auf sein Gesicht setzen würde, als wüßte er heute schon von der Erlösung.

## VI

Aus dem Schnee ragten Stangen, Zäune, Steinstufen heraus, es hatten sich trichterartige Hohlräume mit vergilbten, wie eingesackten Rändern um sie herum gebildet. Die Häuserfronten stachen dunkel vom weißgrauen Schnee ab. Langsträhnig, wie gekämmt, hing das gescheitelte Gras schneefreie Abhangstreifen herunter. Von den Schneemassen in den Boden gepreßte, langgezogene Halme lagen aneinandergedrückt, helmartig aneinander verschweißt, als laste der Schnee noch auf ihnen auf.

Wie zu Beginn des Herbstes lief das Wasser von überall herunter, bedeckte die Abhänge mit einer durchsichtigen Glasur. Das Wasser wurde von den Steinvorsprüngen und Mulden wie glatt gescheitelt, und bei Sonnenschein spiegelte es an manchen Stellen das Licht so stark zurück, daß man sich die Hand vor die Augen halten mußte.

Die erste Zeit, als der Frost noch nicht nachgelassen hatte, war es kinderleicht gewesen, alle Schuhe der Mitschüler zu putzen, man konnte die zwanzig Paar Stiefel ohne lange Vorbereitungen einfetten. Jedesmal war es, als erlöse man das Leder von seiner steifen, bröckelnden Härte, wenn man mit dem Lappen das Fett aufstrich. Die Seitenteile und Schuhblätter wurden sehr schnell wieder weich und geschmeidig, wenn man sie mit dem Fettlappen einrieb. Genugtuung zuckte durch den Körper, wenn die Lederfläche wieder dunkel und glatt wurde.

Aber jetzt, im triefenden Taufrühling, war es fast unmöglich geworden, die Schuhe ganz rein zu bekommen. Hellgelber Schlamm blieb an den Nähten haften. Es war ihm verboten worden, mit Wasser zu putzen, die Schuhe mußten geschont werden, sonst würden sich die Eltern beschweren. Die Schüler, denen die Stiefel gehörten, bemängelten die Arbeit und fanden immer vernachlässigte Stellen. Immer öfter, der Schuhe wegen, wurde er ohne Essen zu Bett geschickt. Im Waschraum trank er sich mit Wasser voll, gegen den Hunger, und hörte sich das Schwappen in seinem Bauch an, wenn er durch den Raum hüpfte und Sturmflut in

sich selber erzeugte. Wenn er später hunger-
schwach im Bett lag, fühlte er dann plötzlich,
wie es ihm vom Fußende her aufgerichtet
wurde, langsam glitt er an sich selber herunter.
In der Dunkelheit mußte er versuchen, sein
Bett wieder richtig hinzustellen, ohne daß es
aufschlug und er wieder dafür bestraft werde.
Fast allabendlich wurden ihm die Bettücher
zusammengeknotet, und die Finger wurden
ihm schwach vor Anstrengung, sie auseinan-
derzubekommen, manchmal brauchte er
Stunden. Er war nun einmal Diener und hatte
sich ihrem Willen zu fügen, sie nahmen ihm
den Kopf zwischen die Beine, saßen auf ihm
und ließen sich von ihm mit dem Munde erre-
gen.

Von den Eltern gab es keine Nachrichten
mehr, ihm fehlten die Briefe nicht, so brauchte
er kein Heimweh mehr zu haben. Er hatte sich
in ein Innengebäude in ihm selbst eingezim-
mert, das er zylinderartig bewohnte; er ließ
keine Erinnerung mehr an sich heran. Bei gewissen schrägen Nachmittagsbeleuchtungen
galt es aufzupassen, keine wehenden Waldgrä-
ser, keine Backsteinbrücken, kein Laubra-

scheln, keine gebirgshohen, weißen Wolken an sich herankommen zu lassen. Man mußte den Blick anstrengen, sich immer irgendwo zwischen den Bäumen oder an einem Hang einen Punkt aussuchen, den man nicht aus den Augen verlieren durfte. Allmählich hatte man gelernt, die Eltern nicht mehr heranzulassen: wenn sie weit in den Vorgedanken nebelartig erschienen, war es leicht geworden, sie zu verdrängen.

Er hatte sich eine Wand aufgerichtet, hinter der es nichts mehr gab. Er hatte Übung, und gerade an einem solchen Tag wurde er von der Leiterin des Kinderheims vorgeladen: sie übergab ihm einen Zettel, auf dem oben links ein rotes Kreuz aufgedruckt war, mit folgendem Briefkopf:

Deutsches Rotes Kreuz
Präsidium/Auslandsdienst
Berlin SW 61, Blücherplatz 2.

Über Genf war der Zettel weitergeleitet worden:

Antrag
an die Agence Centrale des
Prisonniers de Guerre, Genf:
bittet folgendes zu übermitteln,
Höchstzahl 25 Worte

und darunter stand mit blauer Tinte geschrieben, in einer ihm wohlbekannten großletter-
nen Schrift:

»Immer in innigster Liebe bei Euch,
Wiedersehen erhoffend. All' unsere
Gedanken und Wünsche zum Ge-
burtstag. Glückauf für die Zukunft.
Wir alle wohl und zuversichtlich.
30. April 1942. «

Von ganz unten aus dem Tal kamen Geräusche
herauf, das Kollern einer Blechtonne auf dem
Asphalt, es wurde jemand gerufen. Das Rad
eines Karrens knackte regelmäßig einen unsichtbaren Weg entlang. Am Marktgelände
wurde ein Gitterpfahl eingerammt: auf grüner
Wiese stand schwarz ein Mann, so deutlich,
daß man ihn hätte wiedererkennen können.
Man sah ihn die Masse schwingen, deren

schwarzer Kopf über dem Mann einen Bogen zog und einen ganz kurzen Augenblick auf dem Pfosten blieb, er hatte schon lange wieder ausgeholt, als man den Knall vernahm, der unten im Tal schon längst verklungen war, als stamme er aus einer anderen Zeit.

Bloß nicht das Weinen, das einen wie von unten anfiel, an sich heranlassen, es abschütteln, laut schreien, sich den Kopf gegen Stühle schlagen. Er wünschte sich die Strafe herbei, mit der Haselgerte gezüchtigt zu werden, sich unter der Rute zu winden, zu brüllen, zu flehen. Warum schickte man ihn denn nicht Brot holen wie sonst, acht Vierpfund-Brote, die der Bäcker ihm in den Rucksack stopfte, dessen Öffnung es so sehr ausweitete, daß der vom Brote gespannte Stoff sich wie Pappe anfühlte. Der Bäcker half ihm den prallen Rucksack auf die Theke herauf, er selber stellte sich mit dem Rücken davor und schnallte sich die Traggurte auf, dann mußte man das Tragen ausprobieren, den Sack bis an den Thekenrand vorziehen, um das Gewicht zu erproben, ob man vielleicht in die Knie fallen würde. Aber dann kam immer der Augenblick, wo es doch ging, wo man den Sack langsam vom Tisch zog und der Körper das Gewicht kennenlernte; es war eine Art Wette, die Beine stemmten sich, man stützte sich zur Vorsicht noch mit den Händen ab, und auf einmal wurde man von der Last nach hinten gezogen, man konnte nur noch trippeln, den Unterschieden des Fußbodens, der Türschwelle, der Straßenhelle nach seinen Weg finden. Man sah nur noch die eigenen nackten Beine, die sich unter einem fortbewegten. Erst nach langem konnte man sich ans Gewicht gewöhnen, und dabei mußte man durchatmen, den Kopf heben und sehen, wo man ging.

Von der stark ansteigenden Straße zweigte eine Abkürzung zum Kinderheim ab, so steil, daß man sich stellenweise an den Händen hochziehen mußte und beinahe das Kinn auf den jähen Ansatz des Wiesenabhangs aufstützen konnte. An solchen Stellen mußte man den Rucksack ablegen und hinter sich herschleifen und versuchen, ihn wieder auf den Rücken zu bekommen und aufzustehen. Man heulte dann vor Wut, vor Müdigkeit und Haß, aber der Haß auf die Heimleiterin – er stellte sich vor, wie ihr Schädel unter seinen Schuhhacken aufplatzte – lenkte von den Eltern ab, sie wurden

abgedrängt, winzig klein am Kopfrand, rund-
voll vom Haß gab es für sie kaum noch Platz.
Aber nun hatten sie ihn doch erwischt mit der
Schrift der Mutter, und das Heimweh überkam ihn, schüttelte ihn, ließ ihn aufheulen, als
wäre es schon immer auf der Lauer gewesen.

Manchmal bildete er sich ein, die Eltern stünden auf dem kleinen Zugangsweg zum Kinderheim, stünden hintereinander da, wo der
Weg für zwei zu schmal ist: der Vater würde
seinen grauen Hut tragen, die Mutter ein brau-
nes Kleid und Haarknoten. Sie wären stolz gewesen, ihn schon so groß zu sehen, und er hätte
sich vor Scham gewunden, daß man ihn vielleicht, durch seine Kleider hindurch, unter der
Strafe erkennen könnte.

Bei der Abfahrt damals, vielleicht hatten sie
nichts Besseres gewußt, hatten sie ihm ein
Portfolio mitgegeben, welches man mit Bän-
dern auf- und zuknoten konnte. Auf dem
Deckel war in Prägebuchstaben »Städte und
Länder« zu lesen. Jeder Buchstabe warf einen
länglichen Schatten in sich selbst hinein, mit
dem Finger strich er dann über den Deckel,
um das Empfinden nachzufühlen, das auch

vielleicht seine Eltern *zu Hause* gehabt hatten, als sie es selber in der Hand hielten und er noch da war.

Er hatte es sich ganz hinten in sein Fach gelegt und sah sich die fernen Städte an: Eisenbahnbrücken und Häuserfronten, immer Orte, wo Leute standen, an deren Stelle er sich wünschte, die *daheim* waren. Die Eltern hatten ihm auch Postkarten mitgegeben, in die sich der Blick hineinfraß: »Billepartie« oder »Schloß Reinbek« oder »Bei der Liebesbuche«, genau die Stellen, die er am besten kannte und doch nie so gesehen hatte.

Die Mitschüler waren auf einmal zuvorkommend geworden. Sie standen ihm nicht mehr im Wege, einer hatte ihm sogar einen Knopf an seiner Skijoppe angenäht. Er war, neben dem auf seinem Bett sitzenden Schüler, stehengeblieben, und die Landschaft hatte still durch die drei Fenstertüren geleuchtet. Er genierte sich, daß der andere seinetwegen versuchte, mit der Nadel durch die Knopflöcher zu zielen und sich Mühe gab. Am Abend wurde er nicht mehr von der Bank geschoben und konnte in Ruhe essen, an Nudeln, seiner Leibspeise, bekam er sogar Zuschlag. Es kam ihm vor, wie alle anderen *begütert* zu sein, mit *Elternhaus* und *Familie*. Es war, als gäbe es plötzlich Wege, die zu anderen hinführten, er brauche nur zu klingeln, und schon gäbe es Terrassen, Liegestühle und Sommer, Zuschlagen von Wagentüren, Autos, in die man ihn mitnehmen würde.

Noch konnte er den Unwissenden spielen, vor den anderen und vor sich selbst. Er wußte doch nichts, geahnt hatte er es und hinter angelehnten Türen gelauscht: »Ihr sollt nett zu ihm sein, die Mutter ist ihm gestorben.«

Aber plötzlich überkam ihn das Entsetzen: würde er Tränen genug haben, würde er auch traurig genug aussehen können? Würde er glaubhaft wirken? In Tränen aber kannte er sich doch aus, er, der nie Reue empfand, wenn er den Mitschülern Fußtritte gab, dafür bestraft wurde und gezwungen wurde, um Verzeihung zu bitten und nie nachgab. Er war dann beinahe stolz, das Gesicht den Ohrfeigen entgegenzuhalten, die ihm rot-laut durch den Kopf dröhnten. Sie wurden ihm von der Aufseherin mit ausgestrecktem Arm verabreicht, und er stand zwischen ihnen. Immer kamen dann die Tränen, das so schöne Weinen, mit

dem er die anderen zu beschämen vermeinte:
in Stellung: zusammengekauert, sich mit dem
Ellbogen den Kopf schützend, darunter aber
nach Mitgefühl schielend, ließ er es aus sich
herausheulen und drückte sogar noch mit.
Aber jedesmal kamen ihm die Heimatbilder
dazwischen, die Laternen am Weg, der Lichtkreis von Laterne zu Laterne, eiförmig, der
eine nach dem anderen, der jedesmal immer
größer wurde, mit dem zuerst länglichen
Schatten in ihm, der dann aufdunkelte zu
einem tiefen Schwarz, deutlich wie ein Schat-
tenriß. Man konnte in den großen Schatten des
Vaters hineintrampeln, konnte ihm auf das
Gesicht treten. Man fühlte nicht die Körper-
schatten, die über einem selber dahinzogen.

Er tat, wenn er geohrfeigt wurde, als wäre er
das Opfer. Schon lange war der Schmerz vorbei, als er noch den Verzweifelten spielte.
 Und nun, wegen des Todes der Mutter,
hatte er seinen Kummer zu reüssieren. Dabei
war sie ihm schon lange weggestorben, er
hatte sie für immer von sich weggeschoben, er
ließ sie nicht mehr heran, da er sie doch *nie*
mehr wiedersehen würde. In sich selber hatte

er sich an einer Stelle absterben lassen, nie wieder durfte er, sollte er durchkommen, ihr Bild in sich aufsteigen lassen; er hatte sie sich schon immer auf einer Pritsche tot vorgestellt, sehr weit, in unendlicher Ferne: nie, nie mehr durfte er auch die Ahnung eines solchen Schmerzes in sich hineinlassen.

Vielleicht hatte man Angst gehabt, den Brief zu verlegen und ihn nicht wiederzufinden; aber als man ihn an diesem Tag ins Büro rief, wußte er schon alles, nur die Einzelheiten kannte er noch nicht. Die Tür dem Fenster gegenüber öffnete sich, beim Eintreten wurde man vom überhellen Lichtviereck geblendet. Und in jenem holzgetäfelten Raum hatte er nun vom Tod seiner Mutter gehört. Mit zurückgehaltener, leiserer Stimme als sonst heuchelte man ihm den Kummer vor, den Brief seines Vaters gab man ihm im Umschlag: der Vater hatte ihn an die Heimleiterin gerichtet, damit sie es ihm schonend beibringe: man ließ ihn sich in einen der ledernen Klubsessel setzen, deren kalte, an manchen Stellen blankpolierte Haut ihn erschauern ließ.

Das gelbliche Papier, das er in der Hand hielt, war zu Hause gewesen: wenn man ganz still hielt, konnte man vielleicht die Einzelheiten herausfühlen, die von zu Hause noch mitgekommen waren: die hochtrabenden Wolken über dem Baumgeäst und den Lichtkreis unter dem heruntergezogenen Lampenschirm. Vielleicht würde man die hohen Fahrten des Windes heraushören.

Er wurde angeschaut, und zu beiden Seiten des Briefes, den er senkrecht hielt, sah er die eigenen Knie, die Schenkel ein wenig ansteigend, da er schräg im zu tiefen Sessel saß; diese beiden hellen Rundungen störten ihn, er genierte sich, so weit vor sich selber vorzureichen; die anderen, die schon alles wußten, lasen den Brief mit ihm mit. Obgleich er vor Scham nichts lesen konnte, vor allem in der kleinen, krausen, so rätselhaft erfahrenen Schrift des Vaters, sah er doch sofort die wichtigen Wörter: »trotz der Schwäche...«, »konnte kaum noch reden...«, dann wieder nur unlesbare Worte und »Ob ich ohne Mühe den Nachttisch...«, vielleicht hatte man sein Foto auf den Nachttisch gestellt, und dabei schüttelte er sich vor Scham, so etwas denken

104

zu können. Aber auf einmal wurde die Schrift deutlich, als sei sie gedruckt: »›Nahet ihr euch, kommt ihr näher? Die letzten vier Jahre waren hart. Ihr sollt mich nicht so sehen.‹ Dann hörte der Atem unmerklich auf, und die Augen wurden starr.«

Die Tränen schossen ihm waagerecht aus den Augen, und doch fühlte er dabei nichts. Die Traurigkeit, die er sich gewünscht hatte, um glaubwürdig auszusehen, fühlte er nicht, nur eine Trockenheit am Gaumen und den Eindruck, plötzlich leer geworden zu sein, in sich selbst einzusacken.

»Die letzten vier Jahre«, man brauchte ihm nichts mehr zu erzählen, er wußte alles, hatte alles verstanden: Tellergeräusche, Stimmen, dumpfe Angst unter dem kahlen Herbstgezweige, wie die Landschaft um einen herum nicht mehr zur Angst gehörte, wie die Angst aber aus ihr herausstand. Einmal schon, vor langer Zeit, an einem Nachmittag, die Sonne stand schon schräg, hatte ein SS-Mann die weiße Gartenpforte aufgestoßen und war blankgestiefelt in den Garten hereingetreten: die Sohlen hatten auf dem Kies geknarrt, als wäre er jemand ganz Gewöhnliches, und er, das Kind, hatte eine stechende Angst empfunden.

Vielleicht waren das die vier Jahre gewesen: mitgenommen werden können; mit schepperndem Schutzblech so schnell wie möglich radeln, um nach Hause zurückzukommen und nicht gesehen zu werden.

Erst Jahrzehnte später hatte er aus verschämtem Munde erfahren, daß ein anderer SS-Mann Jahre später, gerade am Anfang des Jahres 1942, wiedergekommen sei. Auf der Kiesallee hatten seine Stiefel nebeneinander gestanden, aus nahtlosem, glattem Leder aufs sorgfältigste hergestellt, nebeneinander, während über ihnen der dazugehörende SS-Mann gemeldet hatte, daß für diesmal die Eltern noch nicht nach Osten bräuchten. Zögernd, als schäme sich jener Mund, hatte er noch erzählt, daß die Mutter sich am SS-Mann haltend auf die Knie gefallen sei und ihm jene Stiefel geküßt habe. Der Erzählende war damals noch Schüler: es war an einem hellgrauen, hohen Nachmittag gewesen, wie er sie selber als Kind zu Hause noch erlebt hatte. Ihm war schlecht geworden. Die Erinnerungen anderer, das also war ungefähr das einzige, das ihm vom Krieg

106

geblieben war: sonnenbeleuchteter Kies und
schwarze Stiefel. Er schämte sich der herunter-
rutschenden Mutter, Koppel und Knöpfe
waren an ihr vorbeigeglitten.

Und wieder überkam ihn die Erinnerung an
das Jahr 1938, kurz vor der Abfahrt, als hätte
man alles in einigen kurzen Monaten erleben
müssen. Das nächtliche Holzgitter: die Latten
schimmerten, es gab auch Nachtfarben. Das
Rad hatte er angelehnt und der Nacht zuge-
hört. In sich selber hatte er den Rückweg sich
ausbreiten gefühlt, die Anhöhe und dann die
laternenerleuchtete Allee. Er wußte die Stelle
am Horizont, wo im Hause unter dem Lichtkreis die Mutter saß.

## VII

Es legte sich ihm eine Hand an den Schädel, dessen Rundung fühlte er aus der hohlwarmen Berührung heraus. Diese Hand, er wußte es, liebte ihn nicht, der Ansatz schon war ein leises, krallenhaftes Greifen gewesen, und der Handteller schmiegte sich nicht ganz an die Form des Schädels, sie ließ einen kaum fühlbaren Zwischenraum, als scheue sie die Berührung, als wolle sie sich sofort wieder wegziehen.

Jetzt war er vielleicht »Vollwaise«, er hatte geschützt zu werden. Er hing ganz von den anderen ab, man bestimmte, und er hatte sich zu fügen. Wünsche aus der frühesten Kindheit kamen wieder in ihm auf. Er hätte sich pferdhaft, armlos und nur noch Körpermaße gewünscht.

Vollwaisen in schweren, dunklen Mänteln hatte er mehrmals schon gesehen, sie hatten große Augen und scharfe, wache Blicke gehabt, es hieß, später würden sie dann Haus-

wächter, Polizisten oder Gärtner, die meisten
wurden Diener: eine ewige Kindheit, und im
Alter noch würde man gerügt. Trotz des Todes der Mutter kamen verbotene Bilder in ihm
auf. Waisen waren wie Sklaven, man riß sie an
den Haaren hoch, er war einer von ihnen: Wai-
senkinder, wie Sklaven, zog man nackt aus.
Sichtbar von allen Seiten war man dann ein
Ding. Wenn man die Augen schloß, konnte
man ein paar Sekunden lang das Stehen der
Gegenstände fühlen, als wäre es das eigene Stehen. Man würde verkauft werden, von Hand
zu Hand weitergereicht.

Wenige Tage später wachte er mit feuchten
Gliedern auf, die Schenkel fühlten sich rauh an,
und die Bettücher blieben an ihm haften. Man
legte ihm das Bettuch zum Trocknen auf den
Bettpfosten, er hatte versucht, mit dem eige-
nen Körper die Nässe zu trocknen. Aber als die
Aufseherin ihn aufdeckte, hatte sie sofort ge-
wußt, was war.
Jeden Morgen wurden die Knaben im
Schlafsaal von der Aufseherin wachgedeckt,
sie lagen da, ein jeder den Blicken ausgeliefert.
Ein zur Mordlust gesteigerter Haß, die Hände

schon um ein leeres Würgen verkrampft, steckte in jedem der so überfallenen Knaben. Einige lagen da mit hochgerafftem Nachthemd, unvorsichtig waren sie gewesen. Jene Knaben wurden dann nachmittags mit selbst gebrochenen Ruten von der Heimleiterin gezüchtigt. Die Aufseherin notierte ihre Namen, und der ganze Vormittag schien sich zu versteinern, als verdichte sich alles in der Erwartung dessen, was da kommen sollte. Die Gegenstände, die Formen, Bänke und Hefte, alles schien sich unmerkbar zusammengezogen zu haben.

Und dann, hinter der verschlossenen Tür, hörte man das Aufschnallen des Gürtels, die flehende Stimme des Knaben, das weiche Gleiten des Stoffes, die Stille und das Sirren der Rute, das Aufklatschen und bald das Wimmern.

Die anderen – des Krieges wegen waren sie nur noch zwölf, die älteren hatten sich nicht mehr die Mühe genommen, die »Füchse« über ihn aufzuklären –, die anderen hatten von ihm abgelassen. Seit dem Tod seiner Mutter ließen sie ihn sogar während der Spaziergänge neben ihnen oder mit ihnen einhergehen, aber er hatte es sich schon angewöhnt, alleine weit hinterher für sich zu träumen. Der immer wehende Wind kam wie aus ferner Zukunft, Bilder standen in ihm; über Straßen gespannte Laternen ließen einen, für eine viel größere Welt gedachten Lichtkreis an den Häuserfronten emporsteigen und niedersinken, als wüchsen die Gebäude im Licht hoch.

Und abends, wenn er dann dem Heulen des Föhns im Bett zuhörte, überkamen ihn seit dem Tod der Mutter wieder die Innenlandschaften von früher: ganz nahe an den Augen war er von rötlichen, glühenden, aber weichen Massen umgeben, welche dann auf einmal grau wurden, es waren rundliche Abhänge, gekröseartig, hinter denen ein rötlich heller Himmel aufstieg.

Nach dem ersten Bettnässen kam ein zweites; man ohrfeigte ihn, stramm hatte er am Fuße seines Bettes zu stehen; die Aufseherin holte aus, und es schossen einem rote Sterne vor die Augen. Heulend, während man weiter auf ihn einschlug, fiel er in die Knie, aber die Aufseherin hielt ihn fest und holte ihn immer wieder hoch, um besser zielen zu können. So war es an allen darauffolgenden Tagen. Von nun an lebte er immer öfter mit vorgehaltenem Arm. Kam die Heimleiterin, sofort schnellte der Ellbogen vor das Gesicht, die Stirn in der Armbeuge, fest dagegen gestemmt, damit man ihm den Arm nicht herabzwingen könnte. Unter dem vorgehaltenen Arm brüllte er dann seine Verzweiflung, sein Selbstmitleid heraus, und dabei sah er unter den eigenen Beinen die dunklen Fliesen – immer wunderte er sich über deren Breite – und die Füße, die unter ihm mitstanden und warteten. Während er sich gegen die Ohrfeigen zu schützen suchte, tat es ihm um das schöne Wetter draußen leid.

Der ganze Tag zog sich nun nur noch zwischen dem feuchten und beizenden Aufwachen und der Angst vor dem Schlafengehen dahin. So zappelte er sich durch die Stunden und wurde wieder geohrfeigt, weil er ständig störte und nie zuhörte und nichts wußte. Die Fragen verstand er nicht. Er war ganz auf den Druck konzentriert, den er in Lendenhöhe fühlte. Man hatte ihm verboten, während des Unterrichts aufs Klo zu gehen. Er sollte sich zurückhalten lernen. Bald aber lief es an ihm herunter und tropfte auf die Bank. Man zerrte ihn heraus, und es schallten die Ohrfeigen durch den Raum unter den interessierten Blikken der anderen, die zusahen, wie das funktionierte.

Da er überhaupt nicht mehr mitkam, unfähig geworden war, irgend etwas mitzubekommen, befahl man ihm, sich eine Eselsmütze für ihn selber anzufertigen. Man gab ihm sogar die Erlaubnis, sich eigens dazu im Keller das passende Material auszusuchen unter den Schuhschachteln und Stücken Pappe, die für die Heizung aufbewahrt wurden.

Er schnippte an den Pappstücken herum, fingerte an seinem eigenen Aussehen und schaffte es vor lauter Angst, erwies sich sogar als begabt. Aus grauer Pappe geschnitten, stand ihm die Eselsmütze kronenartig: die beiden Enden des Pappbands ließen sich, richtig ausgeschnitten, leicht aneinanderhaken, die Ohren machte er mandelförmig und wußte sie sogar mit der Schere in der Mitte der Länge nach einzuritzen, damit sie leicht eingebogen auch richtig wie Ohren aussahen. Mit dem Bleistift färbte er die Ansätze noch dunkel an:

je getreuer der Esel, desto weniger würde er auffallen. Er setzte sie sich langsam auf, krönte sich damit und fühlte, wie er übergroß wurde, alle Dächer durchstieß. Sichtbar von allen Seiten drehte er sich auf der Ausstellungsscheibe im Kleidergeschäft, Schaufensterpuppe. Wie eine Brandung würde ihn das Gelächter der Mitschüler umtosen, und in der Mitte stünde er, splitternackt, eselsgekrönt.

So wurde die Strafe zu seiner Welt, eine Welt, in der er sich endlich auskannte und zurechtfinden konnte.

Nur gegen den stetigen Hunger konnte er nicht ankommen, er wurde davon schwindlig und bekam an den Fingern Frostbeulen: ab und zu gelang es ihm, gekochte Pellkartoffeln zu hamstern, wenn die Köchin zur Heimleiterin gerufen wurde. So konnte er doch etwas seinen Hunger stillen, wenn er zur Strafe kein Mittagessen bekam. Einmal hatte man aber doch um ihn Angst gehabt, als er vor Wut und Verzweiflung, angesichts der Essenden, mit der Eselsmütze auf dem Kopf in der Ecke gestanden, so tat, als wäre er vor Hunger in Ohnmacht gefallen. Ganz unerwartet, auch für ihn selbst, hatte er sich einfach zu Boden gleiten lassen, hinter dem Rücken hatte er sich mit der Hand aufgestützt – im nachhinein war er stolz gewesen, so viel Geschicklichkeit gezeigt zu haben – und hatte, sich nach hinten fallen lassend, richtig nach Ohnmacht ausgesehen. Wie erwartet hatte man sich geschämt und Angst um ihn zum Ausdruck gebracht, er bekam jetzt jeden Mittag zu essen, er wurde aber doch jedesmal mit Nachtischentzug bestraft. Da die anderen Süßigkeiten von zu Hause geschickt bekamen, überließen sie ihm manchmal ihren Nachschlag.

Es war Sommer geworden – der Sommer 1942 –, es gab in Frankreich immer weniger zu essen, es mußte doch die deutsche Wehrmacht beliefert werden, die die *Kultur* im Osten verteidigte. Während der Spaziergänge kam man an Wiesen vorbei, wo Kleeblüten wuchsen, fette, blau-rosa gefärbte kleine Büschel, die er mit gegabelten Fingern von den Stengeln riß und nacheinander mampfte; einen Blumenkopf hielt er zwischen den Fingern schon bereit, während er noch am vorigen kaute. Es war ein leiser, süßlicher Geschmack, der über den Hunger hinwegtäuschte.

Er graste also, und dazu überflogen Wolken

das Tal, auf den Fluren und Abhängen fuhren Schatten dahin, die auf dem Boden die Formen der Wolken wiederholten, vielfach vergrößert. Sie zogen über die Landschaft, schossen über die Straßen, verdunkelten auf einmal ganze Häusergruppen oder Wege. Was sich gerade noch in der Sonne gedehnt hatte, zog sich im Schatten wieder zusammen. Auf einem kuppenartigen, grünen Abhang wurden plötzlich Vertiefungen ausgespart, Einbuchtungen, die man nicht vermutet hätte, oder es erhoben sich plötzlich kleine Hügel, die man nie gesehen hatte und die sofort wieder verschwanden. In Sekunden flogen die Wolkenschatten über riesige Landstriche, für die man Stunden gebraucht hätte. In kurzer Zeit würden sie vielleicht die Heimat erreicht haben: aber die Mutter war ihm doch gestorben! So deutlich, daß er da plötzlich mitten auf dem Weg hatte aufheulen müssen, hatte er ihre Stimme gehört, ihren braunen Mantel gesehen, mit dem Pelzkragen und dem Muff. Er hatte seine eigenen Schritte noch hinter sich selber gehört, das Gesicht im weichen Pelz, hatte er sich von ihr führen lassen, und nun war sie tot. Der Vater – das wußte er, aber von woher? – war irgendwo, sehr weit weg, verschollen, unter grenzenlosem Himmel in unermeßlicher Ferne, in einer baumlosen Ebene.

Wenn Fußgänger ihnen entgegenkamen, versuchte er, sich von den anderen zu entfernen, so zu tun, als gehöre er nicht zu ihnen, aber sobald der Passant auf ihrer Höhe war, machten sie kehrt, gingen dem Fußgänger hinterher, immer an einer Stelle, wo es keine Möglichkeit gab, ihnen auszuweichen. Hatten sie ihn dann eingeholt, riefen sie, daß er noch jede Nacht sein Bett naß mache: Bettnässer, Bettnässer, schrien sie, und steif vor Scham mußte er mit den anderen an dem Passanten vorbei, der entweder gutmütig dazu lächelte oder so tat, als höre er nichts. Er versuchte dann auf sie einzuschlagen, Steine nach ihnen zu werfen, er dachte nur noch an Mord, an Erwürgen, aber sie riefen um so lauter »Pisseaulit, pisseaulit«.

Die Bettücher wurden ihm schon gar nicht mehr ausgewechselt: es überschnitten sich Flecken, deren Ränder wie Küsten auf Landkarten aussahen: »Nicht einmal Franzose ist er und pißt Frankreichkarten in seine Bettücher hinein«, wurde ihm von der Aufseherin gesagt. Es bildeten sich so allnächtlich unter seinem Körper breite Ländereien; Kontinente, deren Ränder sich überbordeten, tiefbraune Linien, die sich ergänzten und überdunkelten. Provinzen wurden ausgespart, deren hellere Ränder nicht bis an die Landesgrenzen reichten. Am Abend konnte er noch so wenig Wasser trinken, es geschah aber doch jeden Morgen, immer wieder. Da es Sommer war, stellte man ihn zur Strafe und zum Trocknen auf dem hölzernen Balkon aus, man setzte ihn auf einen Hocker, mit dem Bettuch über dem Kopf, unter dem es ihm wie unter einem zu kleinem Zelt war, das Bettuch trocknete so an ihm selber im Sonnenschein, das Freie um ihn herum bestand aus unzähligen hellen Punkten, hinter denen er wie durch einen trockenen Nebel hindurch die Balkonbrüstung sehen konnte, die dunklen Holzstäbe, die lichtgrüne, senkrechte Landschaftsscheiben aussparten.

Mitschüler kamen ab und zu nachsehen, ob es auch trocknete und weniger beizend roch: man hatte ihn an die Stelle des Balkons hingesetzt, wo er kaum zwei Meter von der Gebirgsstraße entfernt saß. Die Mitschüler hielten die Sommerspaziergänger an, vom Balkon aus, und sagten ihnen, daß da jemand zum Trocknen ausgestellt sei.

»Sie können nachsehen«, wurde ihnen gesagt, »schauen Sie die Kopfform an, meine Damen und Herren, das ist wirklich ein Junge, er trocknet die eigene Pisse, Pisseaulit, Pisseaulit, Bettnässer, Bettnässer.« Als wäre er unter dem Bettuch erkennbar, schlug er nach ihnen, aber sie zeigten mit Fingern nach ihm und schrien: »Sag es doch, daß du es bist«, und während die ersten Spaziergänger barmherzig weitergingen, kamen ihnen die nächsten schon nach.

Denn es gab noch viele Sommergäste 1942 in den Französischen Alpen, die taten, als wäre Frieden, als gäbe es das alles gar nicht, sie sprachen sehr laut, trugen bunte Kleider und ließen sich, wenn sie zu Fuß bis über das Tal in Höhe des Kinderheims gekommen waren, mit dem Auto wieder hinunterfahren. Einige von ihnen setzten einfach ihre Kinder im Heim ab, für ein paar Tage, die standen dann herum, mit weit aufgerissenen Augen, in besonders gepflegten Kleidern. Ein Chauffeur mit Schirmmütze trug ihnen die Koffer herunter, und er dachte an den Abend im Schlafsaal, wenn man ihm, wie immer, das Bett hochheben würde, ein Möbelstück, dessen Fußendegewicht er selber war. Durch sein Gewicht befestigt, fiel das Bett nicht um, es war ihm, als wüchse er über sich selber empor, und das Kopfbrett über ihm würde zu einer aus ihm herausgewachsenen Luftflosse.

Die Rettung kam ihm von einem zwölfjährigen Jungen, dessen Gesicht von dunkelbraunen Sommersprossen übersät war. Er war Bettnässer. Man ließ sie in einer nie aufgeräumtem Ecke des Schlafsaals nebeneinander schlafen, da ihrer nun zwei waren, konnte man ihn weniger strafen. Die nie gebügelten, mit dicken Knöpfen versehenen Hemden des Jungen ließen in nichts seine Herkunft erraten. Sproß einer der größten Familien Frankreichs, gehörte er mütterlicherseits zur ältesten Aristokratie Europas. Er war immer hungrig und verängstigt. Das Schloßleben sah man ihm nicht an.

Zwischen beiden entstand eine sofortige innigste, völlig körperlose Liebe, als wäre jeder genau derjenige, den der andere seit der Geburt schon immer erwartet hatte, als das eigene Gegenüber. Wenn sie miteinander sprachen, erriet der andere immer schon einen Hauch voraus den Sinn der Worte des anderen, jede ihrer Bewegungen entsprach sofort denen des anderen.

»Boy« wurde der Knabe von den Seinigen genannt, er aber nannte ihn Jean-Baptiste, Johannes, aus Ehrfurcht, als wäre der Name Heiligung. Er hörte ihm zu, wenn er von zu Hause erzählte: Er bewohnte ein dunkles Schloß mit runden Türmen und leeren Sälen mit Flügeltüren, jeder wohnte da so weit entfernt vom anderen, daß sie wie von einer Straße getrennt schienen, obgleich sie doch alle unter einem einzigen Dach lebten. Um das Schloß lag ein heller Park mit Wiesen, von hohen Bäumen eingefaßt, die in der Mitte aber den Blick auf den Genfer See freigaben: wie eine leicht ansteigende, grau-schuppige Fläche breitete sich der See aus, vom Horizont geradlinig abgeschnitten.

Man meinte die Stimmen zu hören, die aus einem der runden Türme herunterriefen: so deutlich war in ihm selber die Landschaft des geliebten anderen, daß er mit Bestimmtheit wußte, daß sie in der Wirklichkeit genau so war wie das Inbild davon, das er in sich hatte.

Jean-Baptistens Mutter fuhr Auto, einen aufklappbaren Delahaye, und er stellte sich die Reserveräder zu beiden Seiten der Kühlerhaube vor, wie sie mitfuhren; sie trug auch lange weiße Kleider oder sportliche Hosen und winkte ihrem Kind mit der Hand zu. Immer wieder stellte er Jean-Baptiste Fragen über die Mutter, um nicht an die eigene tote Mutter denken zu müssen.

Daß jener Junge, auf dem Bett ihm gegenüber, sich Mühe gab und mit ihm sprach und es auch gerne zu tun schien, hatte ihn ganz am Anfang gewundert. Aber jetzt brauchte er die andern nicht mehr zu beneiden, daß sie jemand anderer als er selbst waren, er hatte diesen Freund. Es war ihm, als fühle er von innen die Gesichtszüge seines Freundes; am eigenen Nasenflügel konnte er dessen Sommersprossen mit der Fingerkuppe betupfen, in Stirnhöhe war es ihm, als fühle er sie auf der eigenen Haut nach. Er hatte sich höher über dem Fußboden stehen gefühlt als sonst, er hatte eine noch nie erlebte Begeisterung, ein Hochgefühl des Selbstseins empfunden, das er so noch nicht kannte.

Am Tag vor der Abfahrt des Jungen tauschten sie ihr Blut aus und vergaßen einander beinahe sofort, aber kamen einander immer wieder in den Sinn. Er wußte von nun an, daß die Verzweiflung von ihm abblättern würde. Jean-Baptiste hatte ihn eingeladen und mehrmals geschrieben, er solle unbedingt kommen, auch die Mutter erwarte ihn mit Freude als seinen besten Freund.

Vier Jahre später, ein Jüngling schon, verbrannte er bei lebendigem Leibe bei einem Autounfall, es hieß, er habe Selbstmord begangen. Hätte er der Einladung des Freundes folgen können, wäre dieser vielleicht noch am Leben. Beim Gedanken daran steigt ein Aufschrei aus der Kindheit auf, als könnte es mit dem Damals wieder anfangen. »Boy« liegt unter hohen Bäumen auf dem Père-Lachaise im Grab der Familie.

## VIII

Die Matratze unter ihm verdarb, das Roß-
haar verfaulte darin. Knäuel entstanden,
die eine schwammige, ätzende Masse bildeten.
Man entschloß sich zur äußersten Strafe: er
sollte als bald Fünfzehnjähriger mit der Rute
gezüchtigt werden.

Es war schon öfters geschehen, und er hatte
es immer wieder sofort vergessen.

»Je veux une bonne badine de coudrier«,
war ihm gesagt worden: Ich brauche eine gute
Haselgerte. Das Wort »coudrier« hörte er zum
erstenmal, und doch wußte er sofort, welche
Baumart gemeint war, als hätte sein Auge im
voraus schon alles um ihn selber gewußt. Es
wurde ihm befohlen, sich selber die Gerte zu
brechen, sie solle »ziehen«, wurde ihm dazu
bedeutet. Er ging, als zöge es ihn nach vorne.
Er drehte die schräg gemusterte Tür um ihre
Angel, ließ sich heraus, ging wieder hinein,
und, als wäre er ein anderer, begleitete er sich
selber wieder hinaus: einen Augenblick blieb

er im Türrahmen stehen, als wäre er selber ein
Stück senkrechter Mauer: über ihm, genau
über seinem Kopf wuchsen die Steinmassen
empor. Eine kaum merkbare Bewegung genügte, und schon war man draußen, einige
Zentimeter, und schon war man nicht mehr im
Haus.

Überall kamen zeitweise Körper aus ähn-
lichen reglosen Kuben heraus oder verschwanden in sie hinein. Beliebig konnte man
draußen unter dem hohen, unendlichen Himmel gehen oder in einem solchen Kasten eingeschlossen sich hin und her bewegen, ohne daß
der Außenstehende ahnen könne, daß sich
Körper darin bewegten.

Als stünde er in einem ihn von Kopf bis Fuß
einfassenden Gummianzug, bewegte er sich in
sich selber und vollführte seine Bewegungen,
als schöbe er sich durch dichte Pappschichten:
er ließ sich, die Füße seitlich gestemmt, den
Abhang hinunter, sich dabei von Baum zu
Baum haltend. Sofort erkannte er den »coudrier«, dünne Zweige, die ihm entgegenwuch-
sen. Jeder Zweig schoß gerade hervor, spei-
chenartig, dünn. Die regelmäßig gerippten
Blätter wuchsen, jedes für sich, am Stengel: je-

der »coudrier« war übersichtlich und deutlich von den anderen abgegrenzt. Unter allen anderen erkannte er den geeigneten Zweig, der ihm entgegenleuchtete. Sorgfältig brach er die Haselgerte – sie hatte die passende Länge, damit konnte man ausholen, sie würde sich um seine Hüften winden, und er würde sich unter ihr vor Schmerz aufbäumen. Er versuchte das faserige Holz so glatt abzubekommen wie nur möglich; er freute sich, daß es so zäh war. Es war ihm beim Abbrechen, als gäbe es ihn selber doppelt. Er fühlte sich durch sich hindurch stehen: stehen, das war er. Die wippende Gerte hielt er nun in der Hand, ihr leichtes Wiegen, so leicht zu handhaben! Um ihn herum – noch nie hatte er es mit solcher Schärfe wahrgenommen – die Weite des Tals. Hintereinander erzeugten die immer helleren Farben der Berghänge Fernen und Zukunft. Er war doch frei, konnte mit seinem Körper machen, was er wollte, man überwachte ihn nicht, er konnte den Abhang bis zur Straße hinunter und dann, vom Kinderheim aus unsichtbar, immer weiter. Schon fühlte er das Knacken des Reisigs, dann den hartwarmen Asphalt der Straße. Noch nie hatte er sich mit solcher Deutlichkeit stehen fühlen, und er *ließ* sich stehen, unbeweglich, in sich selber hineinhorchend: eine atemberaubende Bange überkam ihn. Alles war von einer noch nie erlebten Genauigkeit: im voraus spielte sich alles schon ab, wie es sein würde: was werden würde, war jetzt.

Der Atem stockte ihm, das Gleiten der Gerte durch die Hand war er selber. Er ließ sie wippen und durch die Luft ziehen: das Pfeifen einer Segelspitze im Wind. Er entblätterte sie sorgfältig, und ohne daß es ihm irgendwie befohlen wurde, ließ er an der Spitze drei sich gabelnde kleine, harte Zweige übrig, die würden besonders weh tun. Erschrocken drehte er sich um, als habe ihn jemand bei sich selber ertappt. Vom Taumel ergriffen, brach er sich noch eine zweite Gerte dazu, für den Fall, daß die erste *an ihm* kaputt gehen würde.

Als er dann wieder zum Heim hinaufkletterte, war es, als führe er sich selbst am Arm, aus ihm wuchs die Rute hinaus, an deren gegabelter Spitze er über den eigenen Kopf baumelte. Er kam kaum noch zu Atem, die Brust war ihm wie in ein eisernes Korsett eingegossen, und doch empfand er keine Angst: es war wie ein Sterben, nach dem er auferstehen

127

würde, aber auch eine unverständliche Freude, eine Begeisterung.

An den Stamm der Tanne, die hoch über dem Haselbusch stand, aus dem er sich die für ihn bestimmten Ruten gebrochen hatte, legte er die Hand und ließ sie einen Augenblick lang an der Borke ruhen: er merkte sie sich genau: das nächste Mal, wenn er wieder die Hand auf dieselbe Stelle legen würde, würde er sich noch besser kennen, sich erinnern, wie er geheult, gewimmert und gebettelt haben würde, er würde aus einer Zeit *davor* auferstanden sein. Aus dem steilen, von den Bäumen überschatteten Abhang standen die kleinen Felsenvorsprünge heraus, und senkrecht darüber, von der hellen Himmelskante unterbrochen, stand die riesige Flanke des Kinderheims. Von selber kam er immer näher heran, begab sich von selber zur Strafe, als erwarte er sich selbst dort oben. Es zog ihn hinauf, er konnte es verschieben, hinauszögern oder beschleunigen, je nachdem er früher oder später ins Heim zurückkäme und dann, die Rute in die andere Hand wechselnd, an die Tür der Strafkammer anklopfen würde. Er kletterte sehr schnell einige Meter hinauf, und wieder stand er still, um nachzufühlen, wie er sich Zeit ließ, wieder ging er einige Schritte vor, es war alles wie *sonst*, über ihm lag die Straße, die Geländerpfosten standen einer nach dem anderen, eine Seite im Schatten, die andere sonnenhell; er brauchte sich nur vorzustellen, er sammle Tannenzapfen für die Feuerung, wie so oft. Es hatte sich nichts geändert, nur, daß er gezüchtigt werden sollte, nur, daß er im voraus schon alles wußte: das Herabstreifen der Hose, mit dem leisen Klinkern des Dorns gegen die Gürtelschnalle, die plötzliche Kälte um die nackte Haut herum und unter ihm die eigenen weißen Schenkel, die Stimmen, die über ihm wären, der gebeugt warten würde, der Rücken, der sich an ihm vor Angst aushöhlte, und dann, wußte er, würde alles vergehen: ein Leerlauf, ohne Bilder, ohne Erinnerung vor den eigenen Augen, nur noch vor Schmerz rudernde Glieder, helle, undeutliche, verzerrte Flächen, ihm unbekannte Bewegungen seines Körpers, ein Strampeln der Beine, die man ihm doch werde zusammenfesseln müssen, wonach sie nur noch aneinanderschlagen würden, und das Schreien, das wie von selber aus ihm herausschreien würde. Vor allem aber der Schmerz, viel größer, als er es sich vorher oder nachher vorstellen würde, und jedesmal der Gedanke, wüßte die Anstaltsleiterin, wie weh es tut, sie würde sofort aufhören. Und die Gerte dann, die man ihm waagerecht vorhalten würde, damit er sie besser küssen könnte; und seine tränenüberströmten Lippen würden, um so leichter am Holz bis zur richtigen Stelle entlang gleiten können. Aber vor allem die Dankesformel nicht vergessen: »Ich bedanke mich für die Züchtigung, die mir zu meiner Besserung und Erziehung beschieden wurde.«

Über ihm der weite Himmel, Schritte hörte er auf der Straße, unten im Dorf das Schlagen eines Hammers auf einer Planke, auf sandigem Pflaster wurde ein Faß gerollt, Rufe; vielleicht waren es die Bauern am anderen Abhang, beim Frühlingspflügen. Auch ein Lastwagen fuhr, dessen Dröhnen von Häusern unterbrochen wurde und dann deutlich wieder anhob, man hörte die Richtung, in die er fuhr, es war, als zöge er den Lauf des Tales nach, das Ohr hörte ihn die Kurven fahren, hinter der langen Friedhofsmauer verschwinden und dann deutlich, aber schon dünner geworden, lange noch durch das Tal widerhallen, ein kaum noch wahrnehmbarer Klangfaden, der am Eingang der Schlucht, sehr weit am Ende des Tals, plötzlich aufhörte.

Er stand jetzt schon vor dem Windfang, der dem Haus wie angewachsen war: ein kleines bedachtes Häuschen mit gebogener Eingangstür. Er stand da, ließ die Gerten durch die Luft sirren: für ihn waren sie bestimmt, und er war es, der sie sich entgegentrug. Er ließ sich vor der Tür warten und fühlte das Warten in ihm stehen: ballonartig driftete er über sich selber, vom Wind hin und her getrieben, und zugleich drückte ihn in der Brust ein Gewicht nieder. Wie ein Wohnwagen stand er da, grün angestrichen, im Morgennebel, mit ins Gras heruntergelassener Deichsel auf einer Seite und der kurzen Holztreppe auf der anderen.

Und nun mußte er auf sich selber warten, daß er sich hereinlasse. Er hatte die Tür des kleinen Windfangs geöffnet: bisher draußen, stand er plötzlich drinnen. Mittels jener senkrechten, drehbaren Holzklappe hatte er sich hereingelassen; er verfügte über sich selbst, er war immer mit dabei und nahm sich immer mit herein und hinaus. Aber auf einmal war es zu spät, schon kamen ihm drei größere Mitschüler entgegen, die ihn abführen und der Züchtigung beiwohnen sollten, das war zur »Strafverschärfung« ausgedacht worden.

Die Kreissäge hob an: zuerst das Tuckern des Motors und das Aufsingen der sich leer drehenden Scheibe, dann das Ansetzen des Holzscheites, das kurze Ersticken des Motors, dem ein tieferes, langgezogenes Klagen folgte, ein Rufen, wie aus weiten Fernen entstanden, dann wieder ein fröhliches Aufsingen der sich frei drehenden Sägescheibe. Bei dünnerem Gezweige wurde es ein kurz anhaltender Singsang mit manchmal tiefstimmigerem Anschlagen. Sonst hatte er immer die Kreissägen wie entfernte Punkte um das Tal herum im Spätsommer gehört. Dann glitt der Blick den Hängen entlang und machte neben einem entfernten Schuppen den Bauern aus, winzig, der sich hin und her beugte. So still war das Tal, daß man sogar das Aufschlagen des abgesägten Scheites hören konnte.

Er hörte dem Drehen des Blattes zu, das regelmäßig ausholte, wummerte und sich in das Holz hineinarbeitete, der Körper spannte sich an, bis das Scheit durchgesägt war, begleitete die Bewegung und atmete durch, wenn das Blatt wieder aufsang.

Nachher war er doch nicht wieder am Baum gewesen und hatte nicht die Hand an den Stamm gelegt, vielleicht hatte er gefürchtet, den Nachklang seines Weinens, sein Wimmern und Heulen auf sich zukommen zu hören, wenn er den Abhang hinunterginge. Die anderen hatten behauptet, ihn bis in die obere Etage schreien gehört zu haben. Die drei größeren Mitschüler hatte man doch nicht bis in die Strafkammer hereingelassen, hinter der verglasten Schiebetür hatten sie die Schatten hinter dem geriffelten Glas gesehen. Ihn hatten sie an der Helle erkannt, eine reglose, ein wenig gespreizte Form auf einem Hocker, wie sie wußten. Er bildete einen großen, weißen Flekken. An den Geräuschen hatten sie alle Vorbereitungen erkannt, wie er sich hatte nackt ausziehen müssen, seine weinerliche Demut, sein Wimmern, sein abscheulich-feiges Unschuldbeteuern. Zu jeder Gelegenheit erinnerten sie ihn daran: wie ihm befohlen worden war, auf dem Hocker zurecht zu rücken, und wie dann der erste Hieb aufklatschte und er einen Schrei ausstieß, der aber unecht geklungen hatte, weil sie genau wußten, daß der erste Schlag nie richtig »zieht«.

Sie ahmten ihn nach, wie er mitzählen mußte, die Zahlen nacheinander ausgeflennt oder ausgefleht hatte, und wie er dazwischen erfinderisch gewesen sei, seine Schuld gestanden und dann doch wieder verneint habe, je nachdem. Sie kannten ihn auswendig und sangen ihm seinen Tonfall nach. Wie er sich ausnahm, wenn er gestraft wurde, sich bäumte oder wimmerte, sie wußten alles, und ihm blieb nur stummer Haß, Mordlust.

Sie erzählten es den Passanten, im Vorbeigehen, zeigten auf ihn, der am anderen Straßenrand ging, als gehöre er nicht zu ihnen: »Er hat Prügel bezogen, ein schon so großer Junge, schämen sollte er sich.« Die Passanten taten, als hörten sie nichts, drehten sich aber doch nach ihm um, vielleicht hätten sie gerne gewußt, wie er unter der Rute ausgesehen hatte.

Am selben Abend hatten sie ihn bezwungen: die sanftwarme Härte ihrer Hände um seine Gelenke, die Kraft, die ihn forttrug; er stieß sie von sich ab, aber ihre Griffe waren stärker. Sie hatten mit ihm gespielt. Dunkle, sanfte Wärme hatte sich um sein Gesicht geschlossen, und glatte Wärme war ihm zwischen die Lippen gestoßen worden und nur noch jener Gedanke: er müsse sich auch selber an den Hinterkopf fassen, wie es die Hand getan hatte, die ihn herandrückte. Er hatte die Augen geschlossen und gewußt, daß er sich daran erinnern würde.

Am Morgen danach hatten sie mit dem Aufsichtspersonal, verlogen, als wären sie seine Schützlinge, sein Bett umstanden und sich gewundert, daß es trockengeblieben war. Man hatte es sich gemerkt, die Rute wirkte also bei ihm. Als er dann hinausging, glitten riesige Sonnenflecken über Wiesen und Bäume, huschten den Abhang hinunter und zogen über die Dächer des Dorfes. Es war, als ob der Sonnenschein wie ein Finger über die Zacken eines Kammes fahre, und es schien ihm, er habe noch nie so hoch über dem Tal gestanden; Begeisterung befiel ihn, er schrie auf vor zukünftiger Erinnerung, über das Tal hinweg: er wußte von nun an, daß er stumm, inhaltslos hinter sich selber stehen würde, daß er sich *sein* fühlte. Das würde ihm nun lebenslang bleiben, und daran würde er sich immer erkennen, ein

Hochgefühl, ein triumphales Wissen, das ihn nicht mehr verlassen würde.

Nun wurde er jede Woche gezüchtigt, den Freitag hatte man sich dazu auserlesen. Er fieberte der Strafe entgegen, er erkannte sich in ihr: er war stolz, der Gestrafte zu sein, dem man nachher jedesmal auf dem Dachboden den schlierigen, warmen Seegeschmack in den Mund stieß. Er träumte sich schon als Opfer, in Rom, im riesigen Theater unter kreisförmig ausgespartem Himmel, aber er traute sich nicht mehr, Christus seine Schmerzen zu weihen, eine Scham hielt ihn jetzt immer wieder zurück, er, der doch so »wild« war, fügte sich der Strafe, es war wie ein Sog, der ihn niederzog. Kniend durfte er die Hand küssen, die ihn gezüchtigt hatte, und in seiner Verwirrung geschah es, daß er alle Finger auf einmal küßte; es durchzuckte ihn dann wie ein Ruck, wenn ihm das warmharte Gefinger vor den Lippen hing.

Jedesmal wurde er noch weinend, mit kaum wieder in Ordnung gebrachter Kleidung in das Repetierzimmer geschickt. Während die anderen zu Mittag aßen, mußte er die Lateintexte, die ihm zum Nachtrag der Strafe aufer-

legt wurden, übersetzen. Es war ein fahlgelbes
Buch, braun umrandet. Als er es diesmal, noch
öfters aufseufzend, im Stehen, achtlos und verwirrt durchblätterte, kam ihm ein Bild unter
die Augen, das er bisher noch nicht gesehen
hatte. Im Buch waren viele Vignetten, die er
angeschaut hatte, weil er sich vor dem Latein
fürchtete: die Anstaltsleiterin stand dann hinter ihm und holte sofort zur Ohrfeige aus,
wenn er, da er doch vom Text nichts verstand,
zum Fenster hinausschaute.

Das Bild war, seltsamerweise, größer als die
anderen, ihm stockte der Atem, es war, als
hätte man das Bild für ihn gemalt, als hätte man
schon immer, im voraus, von ihm gewußt, ein
Taumel ergriff ihn, vielleicht hatte es IHN
schon vor Jahrtausenden gegeben. Mit offenem Mund nahm er es auf: ein größerer Junge,
dessen Hemd bis an die Schultern gerafft worden war, wurde auf dem Rücken eines anderen
getragen, der ihm die Arme hielt, während ein
zweiter, auf den Boden gehockt, ihm die Beine
festhielt. Neben dem Jungen stand der Magi-
ster, die Rute schwingend; auf dem prallen Ge-
säß des nackten Schülers waren schon Strie-
men zu sehen. Der Junge hielt den Kopf zum

Zuschauer gewendet. Im Hintergrund sah man Schüler, die in Rollen lasen, aber einige hoben doch den Kopf zur Bestrafung hin, die sich da vor ihnen abspielte. Zu beiden Seiten standen runde Säulen, vielleicht geschah es unter einem Portal; auf offener Straße, so daß jeder sehen konnte, was da vor sich ging.

Er war es, den man da trug, der stillhielt und sich fügte, er fühlte die eigene Haut gegen die rauhe Bekleidung des anderen, seinen Rücken, den festen Kreis seiner Hände, die sich um die eigenen Arme schlossen. Es war eine Wandmalerei aus Herculaneum gewesen. Im XVIII. Jahrhundert war sie entdeckt worden, und nun »schmückte« sie die Latein-bücher der Quartaner. Von weit her wurde ihm von allen Seiten zugewunken, es gab unbekannte Jünglinge, denen es wie ihm erging. Er brauchte sich nicht mehr zu schämen, er war Gegenstand eines Bildes, vor zweitausend Jahren entstanden.

Am Abend dann im Bett schloß er die Augen und wurde dieser Jüngling, er ließ das so lange angeschaute Bild in ihm wieder erscheinen, er lag da, das Gesicht dem Zuschauer zugewandt, damit man ihm die Strafe aus den

Augen lesen könne. Er überließ sich der leisen Berührung der eigenen Finger, das Nachthemd hatte er sich vom Leib gerissen, um der Strafe nackt ausgeliefert zu sein, er war der junge Römer. Ganz langsam ließ er die Finger die Vorhaut hinauf- und hinuntergleiten, bis er sich vor Wollust aufbäumte. Aber genau wie unter der Rute hatte er sich zu beherrschen gelernt. Zehnmal ließ er sich bis zum äußersten Punkt kommen, ließ aber doch jedesmal von sich ab, ließ sich mit ausgestreckten Armen minutenlang liegen. Er wand sich unter der Strafe, wie der junge Römer. Noch nie hatte er eine derartige gotthafte Schärfe empfunden, er schrie auf, jubelte in sich hinein. Das würde man ihm nicht nehmen können, er wußte nun, er hatte die größte Freude entdeckt, die ihn über alles hinwegretten würde, allabendlich.

## IX

Das Kinderheim bestand aus zwei aneinandergefügten Gebäuden: ein großes mit riesigem, überhängendem Wellblechdach, dessen Rinne man aber in Straßenhöhe beinahe mit der Hand erreichen konnte, während es auf der anderen Seite in unermeßlicher Höhe über dem weit unten verlaufenden Abhang hinausragte.

An dieses große Gebäude war das kleine wie angehängt, und innen konnte man von einem zum anderen übergehen, ohne etwas vom Übergang zu spüren: manchmal stellte man sich in den Durchgang, ein einfacher Türrahmen, und versuchte die hohe Mauer des Hauptgebäudes über sich stehen zu fühlen.

Vom Anbau aus gelangte man in den Saal, wo die Schüler aßen und lernten: drei große, viereckige Fenster gingen auf das Gebirge hin. Gegen die Querwand stand eine schwarz gebohnerte Truhe. An jenem Tag, helles, schattenloses, hohes Gebirgslicht, war da ein Butterbrot zum Nehmen bereitgelegt, eine sauber, gleichmäßig geschnittene, dicke Brotscheibe mit einer vom Backen aufgeblasenen Kruste. Jene braun-knuspernden Brote, die beim Bäcker auf den Regalen standen, es waren Vierpfund-Brote, wie sie die Bauern kauften. Man bekam, obgleich es einem vor Hunger schwindlig wurde, nur 350 Gramm Brot pro Tag. Es waren die Zeiten der »restrictions«, des Hungers, es gab so wenig zu essen, daß Schüler von auswärts am Morgen auf dem Weg zur Schule in Ohnmacht fielen.

Die Scheibe glänzte vor Butter. Brotporen und Backblasen waren mit einer glänzenden, flach aufgetragenen, manchmal seicht aufschwellenden Butterschicht überzogen. Schon fühlte man die Zähne hineingleiten, die Zunge zerdrückte schon die weiche Krume mit dem wundervoll sanften Buttergeschmack. An gewissen Stellen war die Butter weniger dick aufgetragen, aber jede Aushöhlung, jede Öffnung in der Krume war damit ausgefüllt, wie in Vorkriegszeiten, als man noch nicht zu sparen brauchte. Am Morgen bekam man nur eine einzige dünne Scheibe, auf die man ein wenig Margarine geschabt

hatte, und zu Mittag gab es nur wasserge-
kochte Erdäpfel oder Rüben. Fleisch einmal
die Woche.

Die anderen bekamen Pakete von zu Hause,
von denen man ihm ab und zu einen halben
Schokoladenriegel abgab, die er dann im
Munde nie die Geduld hatte, langsam zerge-
hen zu lassen. Dafür aber hatte er sich dem
Spender gefügig zu zeigen.

Und nun lag die Scheibe Brot auf der Truhe,
als solle man sie mitnehmen, ein wenig schräg
zum Eintretenden gerichtet: das konnte, man
wußte es, nur er sein. Zur Strafe hatte man ihn
alleine im leeren Anbau gelassen, bis er seine
Lateinarbeit zu Ende hätte. Das Knarren der
Tür, die himmelleeren Fenster hatten ihn geschützt, es war zu hell, zu einfach, zu verlok-
kend gewesen. Vielleicht hätte er sonst die
Scheibe doch genommen und es dann verneint. Am anderen Ende des Saals drückte er
die Tür auf, ein Schritt genügte, und man war
nicht mehr da. Aber wie von einer fremden,
ihm doch eigenen Macht geführt, zog er leise
die Tür wieder auf, es öffnete sich ein lineal-
breiter senkrechter Spalt. Als wüßte er schon
alles im voraus, sah er bald eine Hand nach dem

Butterbrot greifen, für einen kurzen Augenblick wurde eine Spanne des lichthellen Spalts
von dunklem Kleiderstoff bedeckt: an ihm erkannte er die Anstaltsleiterin.

Die anderen standen auf den Stufen, einer
über dem anderen, sie empfingen ihn mit Gelächter und Gegröle, ihm sahen sie die Schuld
immer sofort an. Als er dann gerufen wurde,
kamen sie ihm sofort nach und stellten sich
hinter ihm auf; sie waren schon im Bilde.
Einen Augenblick lang sah man in der Stille die
Hände an den Körpern herunterhängen, und
dann schallten die Ohrfeigen durch den Saal,
gut gezielte Ohrfeigen mit ausgestrecktem
Arm, so zu schlagen war eine wahre Freude,
ihm wurde es rot vor den Augen, und es wummerte ihm durch den Schädel, vier-, sechs-,
achtmal schallte es laut durch den Saal, er hatte
sich nicht einmal wie sonst mit dem Ellbogen
zu schützen gesucht, sondern stand da und ließ
sich schlagen, bis die Mordlust ihn ausgefüllt
hatte, und dann plötzlich war das Schreien aus
ihm hinausgestoßen. Immer wieder schrie es
aus ihm hinaus: »Sie selber haben sie ja hingelegt!« Mordlust staute sich in ihm auf. Im
Oberarm kam ihm Schlagwucht, ein Ausho-

143

len. Er fletschte die Zähne, Totschlag, Ausholen mit der Axt, ihr den Kopf einschlagen, nichts anderes mehr war in ihm. Plötzlich, wie angeekelt, ließ die Anstaltsleiterin achselzukkend von ihm ab und ging aus dem Saal in ihr Zimmer.

Das Dröhnen im Kopf ließ allmählich nach: die Hände schlossen sich schon um ihren Hals, es knackten die Nackenwirbel, er hörte Röcheln, würgte aber trotzdem weiter. Die Tränen schossen ihm nun unaufhörlich aus den Augen. Das Weinen überwältigte ihn, auf dem Boden heulte er die Verzweiflung aus sich heraus, die anderen umstanden ihn und schämten sich. Weinend träumte er sich dahin, vom hohen Felsen gestürzt mit gebrochenen Gliedern. Erst am Abend würde man ihn wieder auffinden. Die Anstaltsleiterin würde neben ihm knien und ihn um Verzeihung bitten.

Warum war er bloß er und nicht ein anderer? Im Abstellraum hätte er sich weiter ohrfeigen können oder sich den Kopf in eins der viereckigen Schuhfächer stecken und ihn gegen die Wände hin und her schlagen können. Von hinten gesehen hätte man ihn für einen anderen halten können, für einen von denen, die man nie anklagte und in Ruhe ließ. Sie beneidete er um ihrer selber willen, so gerne wäre er jener André Reussner gewesen, den alle mochten, der eine leserliche Handschrift hatte, der stark und ein »schöner Knabe« war. Im Winter kam er mit geschulterten Schiern den Weg zum Kinderheim hinauf, und nach dem Unterricht, kaum hatte er sie neben dem Heim wieder angeschnallt, war er schon unten im Dorf angekommen, und hinter ihm, den ganzen Abhang hinunter, zog sich eine schnurgerade Spur durch den Schnee. Im Sommer kam er mit dem Fahrrad, auf welches er sich nach der Schule mit einer einzigen Bewegung schwang. Großzügig half er bei den Latein- und Rechenarbeiten mit, er war der einzige, bei dem er nie Angst empfand. Wenn er weg war, setzte er sich genau auf die Stelle der Bank, wo André gesessen war, und stellte sich vor, er wäre er: vor den Augen, um sich herum, hatte er es genau, wie André es gehabt hatte: es wäre doch so leicht gewesen, ein anderer zu sein.

André Reussner wohnte im Hôtel Central, kurz hinter dem Dorfeingang, wo auf einmal zwischen zwei höheren Häusern aus der Landstraße eine Stadtstraße wurde mit Bürgersteig und Fassaden, schmal, Seite an Seite mit den Nebengebäuden. Und hinter jenen schmalen Wänden fing das Drinnen an, Wärme, Teppiche, Sessel; eine Handbreit davon war man dem Regen und der Kälte ausgesetzt.

Wenn André da war im Kinderheim, wo er sein Abitur vorbereitete, konnte man zugleich die Fassade seines Hauses stehen sehen. Nach einer gewissen Zeit, wenn er wieder weggegangen war, konnte man ihn, vor Entfernung winzig geworden, in das Haus verschwinden sehen; plötzlich gab es nur noch ein Hausstehen, ein Mitstehen, ein Straßenstehen, ein Nebeneinanderstehen all der Häuser; von oben, vom Kinderheim aus konnte man das alles mit einem einzigen Blick fassen. Man sah die Dächer mit, schirmartig zur Straße hinuntergeneigt, und unter einem dieser Dächer war sein Mitschüler André: sein Zimmer war das letzte unter dem Dach, alle anderen waren Hotelzimmer: Es war eigenartig, daß er wie ein Wintergast in einem Hotel wohnte und da zu Hause war. Auf der teppichausgelegten Treppe glaubten die Kunden vielleicht, er wäre auch ein Kurgast. Er stellte ihn sich vor, unter dem schrägen Dach an seinem Tisch sitzend, und der gar nicht wußte, daß man ihn samt seines Hauses gerade von oben ansah.

Eines Morgens lag unter tiefblauem Himmel eine seeartige Nebelschicht, die das ganze Tal zudeckte und aus der hie und da Wolken aufbauschten. Aus diesem so weiten See, daß man nach ihm die Arme ausstrecken wollte, ragten am Rande die höheren Bergzüge empor, die letzten Aufschwünge der Berge: vereinzelte Inseln, die aus dem Nebelmeer herausstanden. Unterhalb sah man, wie der grüne, grasbewachsene Abhang auf einmal in der Nebeltiefe versank, jäh und doch undeutlich; der Blick fühlte ihn weiter reichen. Manchmal kam jemand als graue Form, die zunehmend aufdunkelte, aus dem Nebel heraus. Weit unten hörte man Geräusche aus dem Dorf, Holz wurde gesägt, ein Auto fuhr an, jemand wurde gerufen.

Vielleicht war man wegen des Nebels unvorsichtig geworden und hatte sich gedacht, man würde ihn nicht sehen. Man schickte ihn ins Dorf Brot holen: es war dem Heim ein neuer Junge zugeteilt worden. Von den wieder fortgegangenen Schülern blieben immer die

Brotkarten übrig, sie wurden den Eltern nicht zurückgegeben. Zu 350 Gramm Brot war man berechtigt als J3, dritte Stufe der Jugendlichen, zu 90 Gramm Fleisch je Woche, mit Knochen, und 70 Gramm ohne. Kartoffeln gab es kaum noch.

Die Brotkarten hatte er in Zeitungspapier eingeschlagen, zusammengefaltet in die Brusttasche seiner Windjacke geknöpft. Er freute sich, in den Nebel zu tauchen und dann nachher wieder in den Sonnenschein hinaufzukommen. Auf halber Höhe des Abhangs verschwand das Kinderheim, und je tiefer er herunterging, desto grau-dichter wurde der Nebel: im Dorf wußte keiner von ihm, daß er über dem Nebel wohnte. Im Bäckerladen stand eine schattenlose, grelle Helligkeit. Auch diesmal bekam er kein noch so kleines Stück Brot ab. Immer wieder wurde frische Knust an andere Knaben verteilt, aber er streckte nicht einmal die Hand aus, blieb zwar immer länger als nötig, verlangsamte seine Schritte bis zur Ladentür. Man rief ihn aber niemals zurück.

Das Gewicht des Rucksacks zog ihn nach hinten. Der Nebel hatte sich verflüchtigt. Er

148

sah den ganzen Weg, den er zurückzulegen hatte. Schon von der Tür des Bäckerladens aus konnte man vom Kinderheim aus überwacht werden, winzig zwar, aber erkennbar. Nur da, wo am Dorfeingang die freie Natur wieder anfing, als wäre man schon meilenweit davon entfernt, konnte man sich vor den Blicken der Anstaltsleiterin schützen, die Abkürzung schlängelte sich da zwischen runden Felsen durch. Den Rucksack zwischen den Beinen – als er ihn abgenommen hatte, war es, als flöge er, so leicht war es ihm auf einmal geworden – hatte er die Brotlaibe vor sich stehen, mit noch warm riechender Kruste, unten mehlig rauh, oben aber immer glänzender und glatter, je runder die Brotform wurde. Der Bäcker hatte leichte Messerstiche in den Teig gestoßen, die im Ofen aufgegangen waren und nun schorfartige Anhöhen bildeten, an denen die trockengebackene, braune Knuste kammartig herausstand, zum Abbrechen bereit.

Vor Hunger und Müdigkeit hatte er keine Gedanken mehr, in ihm war nur noch ein mattes, aber doch waches Spähen nach Nahrung. Aber den Klee des Hochsommers gab es nicht mehr; er hatte weiden können auf den Wiesen und hatte die süßlichen Blumenbüschel immer mit zwei Fingern gerupft, während er sich mit den andern den Mund vollstopfte, das hatte ihn tagelang über den Hunger hinweggetäuscht.

Er brach sich ein Stück Kruste ab, man hatte ihn gewarnt, wenn er sich Brot nähme, würde ihm zur Strafe das Essen entzogen werden, oder er bekäme wieder etwas mit der Rute ab. Aber davor fürchtete er sich nun nicht mehr, und während er aß und sich immer größere Stücke abbrach, kam ihm sein eigener Anblick vor die Augen, und darüber war er stolz. Diese vor kurzem in Gegenwart der anderen Schüler erlittene Strafe zwang ihn, wenn die Erinnerung daran kam, zu längeren Atemzügen. Er hatte jetzt ein Schauspiel von sich selber für sich selber bereit, er war Zeuge seiner selbst gewesen, er hatte der eigenen Strafe beigewohnt, sich unter der Rute winden, strampeln, ausschlagen sehen, am eigenen Körper hatte er sich verzerrte Stoßbewegungen ausführen sehen, die er an sich selber noch nicht gekannt hatte, er hatte sich wimmern, bitten, schreien, heulen gehört, von sich selber erfahren, wie er nur mit kurzem Strafhemd bekleidet ausgesehen hatte. Aber nach der Strafe, auf dem Dachboden, hatten sich ihm Finger in die Haare gekrallt, und man hatte ihn festgehalten.

Als er keuchend den Rucksack auf den Küchentisch, rücklings, stellte, sah man, daß er sich Brot genommen hatte, aber tat, als merke man es nicht, als wäre es selbstverständlich. Vielleicht hatte man Bedenken, ihn vor dem Knaben zu strafen, der »zusätzlich« dem Kinderheim »zugeteilt« worden war.

Dieser trug dunkelbraune Kleidung aus dickem Tuch, als hätte man ihm eine Herrenjacke halbiert, deren viel zu langer Kragen ihm bis an den Gürtel herunterreichte. Darunter eine Weste mit vielen Knöpfen und noch eine Wolljacke, es sah aus, als hätte man ihn für eine lange, unsichere Reise ausgestattet.

Er gehörte zu den Juden, die im Juli 1943 in den Hotels des Dorfs zwangsverlagert worden waren. Jeden Tag mußten sie sich bei der Kommandantur melden, sollte ein einziger von ihnen fehlen, würde man zehn sofort nach Osten deportieren. Sie standen vor der »Kommandantur« an, auf dem steilen Weg, einer hinter dem anderen vor dem Chalet, dessen Satteldach ihm das Aussehen eines breiten, gescheitelten Gesichts gab. Sie standen still in der ungewohnten herben Gebirgsluft in ihren städtischen Kleidern und wurden paarweise »abgefertigt«, sie gingen dann im Dorf umher, zu zweit, zu dritt, im Gleichschritt, als solle jeder den anderen verdecken, alle ihre Bewegungen waren zu kurz, als lohne es sich nicht, sie betonter auszuführen. Sie ließen sich nicht gehen, als ob sie schon wüßten, was mit ihnen geschehen würde. Sie sprachen wenig und blickten immer starr geradeaus. Dem Entgegenkommenden schauten sie nie in die Augen, als würden sie dann später etwas zu entbehren haben. Sie schienen überhaupt nur so weniges wie nur möglich anzuschauen. Nie blieben sie vor etwas stehen. Aus dem Dorf durften sie nicht heraus, selten sah man sie den Kopf zum Gebirge heben. Es galt für sie, die Landschaft nicht an sich heranzulassen, da es doch eine Ferienlandschaft war, die sie nicht »genießen« konnten, da sie doch nicht bleiben durften, sollten sie keine neue Sehnsucht dazu in sich entstehen lassen. Nur des Platzmangels wegen in den Sammellagern hatte man sie vorläufig hierhin verlegt.

Frauen sah man in abgeschabten Pelzmän-

teln durch das Dorf gehen und Herren in ge-
streiften Straßenanzügen, als kämen sie gerade
von irgendwoher und würden sofort wieder
ihren gewohnten Beschäftigungen nachge-
hen. Sie trugen immer etwas bei sich und
waren stets reisefertig.

Der Knabe saß ihm gegenüber im Halbdunkel
des Aufenthaltsraumes, es wurde Licht ge-
spart; von den weißen Milchglasgloben an der
rot gestrichenen Holzdecke glühte nur ein einziger. Wenn man aufstand, verschwand man
sofort im Halbdunkel, und nun saß ihm jener
Knabe gegenüber, von dem er nichts gewußt
hatte. Er kam aus Polen, und man vermeinte
Häuser unter Birken zu sehen. Es war seltsam:
Menschen waren auf einmal da, die doch schon
alle diese Jahre mit sich selber zusammenge-
wesen waren, gesprochen, gespielt hatten, irgendwo gewesen waren, ganz wie man selbst,
ohne daß man davon erfahren hatte. Manchmal schaute ihn der Knabe an, und der Blick
blieb auf ihm ruhen, als frage er sich, wie man
einer heilen Welt angehören konnte, wie es in
einem sei, der sich nicht zu ängstigen brauchte.
Und beinahe hätte der Angeschaute gemeint,

er gehöre zu den Geschützten, und war stolz gewesen.

Vergebens versuchte der Knabe sich auf seiner Geige verständlich zu machen, er trug sie mit sich herum in einem schwarzen Kasten, mit beiden Händen hielt er sie vor sich hin, als erwarte er, daß man ihm die fehlende Saite ersetze.

Auf ein Stück Papier zeichnete er Vögel, Tiere aller Art, Gesichter, wenn die anderen Knaben lachten oder ihm ähnliches zurückzeichneten, lächelte er über das ganze Gesicht; den Geigenkasten stellte er neben sein Bett, und es war eigenartig zu denken, daß er von so weit her kam, neben einem schlief und nicht wußte, daß man ihn dabei ansah. Eines Abends war er dann auf einmal nicht mehr da gewesen, er war woandershin »verlegt« worden. Die Deutschen hatten ihn ins Dorf hinunterbefohlen, es sollten alle Juden im engsten Umkreis zum Abtransport bereitstehen. Schon seit einigen Wochen hielten die Deutschen Hoch-Savoyen besetzt, sie hatten die Italiener abgelöst, und als wäre die Zeit der Italiener im Vergleich zu dem, was da kommen sollte, doch noch eine Zeit ohne Angst gewesen, dachte er wieder an

ihre Ankunft, beinahe wie an eine gute Erinnerung: an einem grauen, aber deutlichen Win-
termorgen waren sie gekommen, die dunkle
Wolkendecke hing hoch über dem Tal, und die
ganze Helligkeit des Tages kam vom Schnee,
aus dem alles dunkel herausragte. Im Tal verlief die Straße von rechts nach links zum Dorf
hin, wo sie sich im Häusergewirr verlor, um
schräg am anderen Dorfende wieder anzuset-
zen.

An der rechten Flanke des Kinderheims
wuchs der Tannenwald wandartig empor,
hinter dem die schnurgerade Landstraße auf
einmal ohne Übergang verschwand. Manchmal schien ein Pferdekopf auf einmal aus dem
Waldrand herauszuwachsen, den Bruchteil
einer Sekunde lang, bis er dann Körper, Deichsel, Rad und Karren wurde, der dann langsam
auf der bisher leeren Straße fuhr. Die Autos
aber fuhren so schnell, daß man nicht sah, wie
sie über die senkrechte Trennungslinie zwischen Tannen und Landstraße fuhren. Mit
einem einzigen Blick konnte man das sehr
Nahe und das sehr Entfernte auf gleicher Höhe
sehen, und das gab ein Gefühl der eigenen
Stärke.

So stand er oft an der Ecke des Balkons und wunderte sich über den scheinbaren Ansatz der Straße an der so weit über ihr stehenden Tanne, als hinter dem Baum auf einmal ein Pferd mit einem Reiter erschien. Die Beine konnte man trotz der Entfernung am Reiter herunterhängen sehen. Ihm kamen immer mehr nach, dann langsam einige Lastwagen und hinter ihnen unzählige Soldaten, die sich vor dem Schnee wie dunkle Schattenrisse ausnahmen, spielzeugkastenklein. Trotzdem konnte man jeden vom anderen bis in die kleinste Einzelheit unterscheiden, man sah ihnen die Müdigkeit an, daß sie lange schon unterwegs waren, ihre Schritte waren schlürfend und langgezogen; einige gingen ab und zu ein wenig schneller, dann entstand hinter ihnen eine leere Schneestelle, immer wieder lief ein plötzliches Stocken durch die Kolonne, das sich nach hinten übertrug. Bei jedem Schritt sah man die Mäntel auseinanderklaffen. Auf dem Dorfplatz hatten sie Halt gemacht, ein immer dichter werdendes Gewimmel, in welchem es sich hin und her bewegte und das bis zum Einbruch der Nacht andauerte.

Als man dann am nächsten Morgen ins Tal hinabgeschaut hatte, war alles wie sonst gewesen, das leere Band der Straße durchschnitt still das Tal, nichts hatte sich geändert, nur die Angst war auf einmal da, denn er wußte es, nun würden die Deutschen nachkommen, er hatte es oft genug sagen hören.

Dann war es aber doch wieder Sommer geworden, ohne daß man die Ankunft der Deutschen bemerkt hätte, ein hoher blendender Sommer, und es waren die Juden ins Dorf gebracht worden. Vom Kinderheim aus hatte man an ihnen trotz der Entfernung alle Einzelheiten erkennen können, ihre starren Schritte und daß sie sich immer umschauten.

Und nun war der Junge auf einmal nicht mehr da, und er hatte gewußt, daß er immer an ihn denken würde.

## X

Von der riffartig in die Ebene vorstoßenden Anhöhe über Pantin sieht man den Kanal dahinziehen, man erkennt ihn im Flächengewirr der Häuser, Bauten und Hochhäuser, an den Baumkronen oder an den länglichen Schuppen, die ihn säumen, an plötzlichen Einschnitten zwischen den Bauten. Bei windigem Wetter fährt auf einmal ein Sonnenstoß über noch im Schatten liegende Vorstadtteile.

Nach Osten hin, wo die Häuser nicht mehr so dicht auf dicht stehen und wo die großen Rangierbahnhöfe von Pantin und Noisy-le-Sec kleine leere Ebenen bilden, sieht man den dunklen Strich des Wassers zwischen den hellen Linien der beiden Kais. Nach Südwesten, zum Nachmittag hin, zwischen den Hochhäusern eingefaßt, steht das Wasser ein wenig höher als die Fahrbahnen zu beiden Seiten, ein in den Steinmassen festgefahrener, riesiger Kahn, über den bogenförmige Ladebrücken hinwegziehen.

Zur anderen Seite hin, nach Osten wieder, wird der Kanal von hohen Pappeln gesäumt, am Abend stößt der Wind in jede nacheinander hinein, die Laubwand wird, Blatt um Blatt, umgestülpt und zurückgedehnt, während die anderen Bäume unbeweglich danebenstehen, als warteten sie auf den Windstoß, an dessen Vorbeihuschen man die Geschwindigkeit des Windes ablesen kann.

Durch die Wolkendecke sticht die Sonne hie und da auf eine Häusergruppe, die hell in der graublauen Stadtmasse aufleuchtet. In der Ferne öffnet sich dann wieder der Himmel, und noch weiter, in Meeresrichtung schon, hängen entfernte Regenwände ockergrau vor dem gelbleuchtenden Horizont, an dem sich, sehr weit, eine blaue Hügelkette abzeichnet.

Auf der Stadtautobahn blinken die Autos auf, verschwinden hinter einem Gebäude und kommen wieder zum Vorschein, ein wenig weiter, sofort wieder erkennbar. Manchmal fährt ein Vorortzug geräuschlos durch das Häusergewirr, und auf einmal ordnet die Durchfahrt des Zuges Häuser und Fabriken nach Straßen und Linien, die das Auge dann immer wieder nachzieht. Auch Geräusche, wie das stoßweise vom Wind angewehte Klinkern eines rangierenden Güterzuges, Hupen, fernes Anstoßen von etwas Metallenem, Gehämmer auf Rohre oder das Fahren eines Lastwagens, dann wieder kaum hörbar und doch alles übertönend, das ferne Raunen der Stadt. Irgendwo das Zuklappen einer Lastwagentür, zweimal wiederholt, vielleicht, weil etwas klemmte, dann sehr deutlich das zweifache Einhaken, ein helles Geräusch und die Brust entzweischneidend, den Atem lähmend, steht vor einem das Bild von damals: in der engen Dorfstraße, schon in Fahrtrichtung, die Haube zur Landstraße hin, steht ein feldgrauer Lastwagen, in den Leute einsteigen: unter der Dunkelheit der Plane im Hintergrund sitzen schon einige, die herausschauen, während andere in Wintermänteln dazusteigen. Ein vierschrötiger Mann in grünlichem Regenmantel und grünem Filzhut ist ihnen dabei behilflich. Ihre Anzüge, Mäntel und Hüte passen so gar nicht zu einem Lastwagen. Es stehen noch andere an, mit ihren abgestellten Koffern neben sich.

Mit dem Mann im Regenmantel sprechen sie deutsch. Er war stolz gewesen, alles zu verstehen, und hatte sich zurückhalten müssen, um nicht dazuzutreten und zu zeigen, er könne genausogut deutsch wie sie. Der untersetzte Mann mit dem steifen, roten Nacken hätte sofort begriffen, ihn beim Arm gepackt und gezwungen, miteinzusteigen.

Mit vor Angst zu kurz gewordenen Beinen, aber ganz klarem Kopf war er rucksackgeschultert an dem Lastwagen vorbeigegangen, mit langen, ein wenig wippenden Bergsteigerschritten, die zeigen sollten, wie sehr er doch ein Einheimischer war. Dann war er die Straße hinaufgestiegen und sah seine nackten Beine, die sich unter ihm abmühten, ihn weitertrugen; unter ihm wurden die Steinchen im Asphalt zu Strichen, wie in der Eisenbahn, durch das Kloloch gesehen. Keuchend erreichte er die Abkürzung, die kleinen Kletterfelsen, über die sich die riesige grüne Kuppe der Wiese schwang, gürtelartig vom braunen Strich der Abkürzung durchzogen. Er setzte sich unter die Tannen, die den Bach säumten. Als sich der Atem beruhigt hatte, schulterte er wieder den Rucksack und setzte zum letzten, steilsten Teil des Weges an. Es fuhren kaum Wagen durch das Dorf, seltene Geräusche stiegen von unten auf. Als er oben an der Stelle angekommen war, von wo aus man das ganze Tal überblicken konnte, sah er auf der schnurgeraden Straße, die aus dem Dorf führte, den grünen Lastwagen fahren. Vielleicht hatte er sich so beeilt, um ihn von oben abfahren zu sehen. Trotz der Entfernung erkannte er ihn sofort, hinter der Windschutzscheibe, die ein paarmal in der Sonne aufblinkte, vermeinte er sogar den grünen, untersetzten Mann zu erkennen. Der Lastwagen fuhr wie jeder andere, ihm folgte ein Spähwagen der Wehrmacht, an den Tarnfarben erkennbar. Der Lastwagen davor sah einfach wie ein Lastwagen aus, an ihm war alles, was zu einem Lastwagen gehörte. Er fuhr durch die Landschaft wie jeder andere Lastwagen auch, und doch saßen unter der Plane, die da fortgefahren wurde, Leute mit Wintermänteln, Muffs und Handschuhen, ältere Damen mit Halsbinden und Stielbrillen, Herren in Nadelstreifanzügen, die er eine halbe Stunde früher hatte einsteigen sehen und die auf die Abfahrt gewartet hatten.

Und er ging unter dem hohen Himmel, ein Kind noch, mit geschultertem Rucksack und nackten Waden, hochgeschossen und mager, wie es sich zu Kriegszeiten gehörte, aber

»kerngesund«, ein Hiesiger einfach, was hätte
er überhaupt zu befürchten gehabt, und doch,
hätte der Mann im grünen Mantel ihn bloß an-
gesehen – er war aber so mit seiner Appelliste
beschäftigt gewesen, daß er nicht einmal den
Kopf zur Straße gewendet hatte –, er hätte ihn
sofort durchschaut, an ihm einen Schuldigen
erkannt und ihn gezwungen einzusteigen.

Der Lastwagen verschwand auf der langen,
geraden Straße hinter den am Abhang stehenden Tannen, und er hatte die Insassen für immer verschlungen gewußt, in unermeßliche
Fernen gefahren, aus denen sie nicht wiederkommen würden; ein plötzliches Zerren in der
Magenwand, ein Aufheulen: der aus dem
Heim wieder verschwundene Knabe war auch
in einem solchen Lastwagen gesessen gewesen, die Geige zwischen den Knien, und er
hatte vor der Abfahrt den Freiraum, die kurze
Straße, die er noch zu sehen bekam, nach ihm
abgesucht! Das war es, was er so in sich gefühlt
hatte, die Blicke des Knaben, der im Lastwagen unter der Plane weggefahren wurde.

Und doch war das Gebirge seit Tagen nie so
weiträumig, so deutlich, so voller Zukunft ge-

wesen wie gerade zu jener Zeit der äußersten Gefahr. Es gab noch so viele Wege zu gehen, wo man noch nicht gewesen war, jede Stelle enthielt winzige Landschaften – hinter den Sträuchern entstanden Wiesen, auch wenn sie kaum meterbreit waren, die ganze Ländereien enthielten. Es war so warm noch, daß man sich im Tannenwäldchen unweit vom Heim auf den Boden legen und sich von weiten Reisen forttragen lassen konnte. Das Gesicht in Höhe der Preiselbeerstauden sah man sie baumartig emporschießen, die Stengel wurden zu hohen Buchen, die in hellichten Abständen hintereinanderstanden und Waldfluchten bildeten. Es entstanden Kuppen mit kleinen Tälern dazwischen, das Auge ließ Straßen schlängeln, den Höhenlinien nach, von Tal zu Tal. Gebirgsketten liefen in einiger Entfernung, von den Preiselbeerwäldern gesäumt, und es genügte schon ein leises Wegrücken des Körpers, und neue, unbekannte, unerforschte Landschaften entstanden in Augenhöhe, wo man sich stundenlange Augenwanderungen einrichten konnte.

Aber wenn er so ausgestreckt auf dem Boden lag, kam ihn immer wieder ein atemberaubendes Grauen an, zuerst höhlte es ihm leicht das Rückgrat aus, bis es dann riesenhaft hinter ihm stand und er in rasender Angst sich auf einmal umdrehte. Aber es war niemand da, hinter ihm stand keiner, der ihn mitnehmen wollte, und doch wußte er, daß die Gestapo nach ihm fahndete, es waren zuerst nur Telefonanrufe gewesen. Man hatte sich nach »Jüdischen Schützlingen« bei der Anstaltsleiterin erkundigt. Er hatte es jedesmal aus den Blicken, dem plötzlichen Schweigen erraten, wenn er in das Zimmer gerufen wurde. Auch züchtigte man ihn nicht mehr, sondern streichelte ihm sogar ab und zu das Haar.

Nun mußte er immer in der Nähe des Heims bleiben, wie auf einer Hochinsel. Er durfte nicht mehr ins Dorf hinunter, aber von oben sah er die Deutschen zu zweit oder zu dritt in den Straßen spazierengehen.

In ihm selber wurde es langsamer, er sah sich die einfachsten Bewegungen ausführen und wunderte sich, es war, als hätte er einen eigenen Schauspieler für sich selber, er war auf Widerruf sein eigener Beiwohner geworden.

Nacheinander waren die meisten Mitschüler fortgefahren, die Eltern wollten sie in ihrer

Nähe haben, vielleicht der zusätzlichen Brot-
marken wegen. So waren nur noch sechs, sieben andere mit ihm da, und er dachte nur noch
an das Essen, manchmal durfte er ihre Reste
aufessen, denn sie bekamen von Provinzver-
wandten Proviant zugeschickt, er dachte unentwegt an Nudelaufläufe mit hellbrauner
Kruste, unter der es weich war, weißlich-gelbe
Nudeln mit kleinen Eierstücken dazwischen,
wie er sie seit Jahren schon nicht mehr bekommen hatte. Ihm lief bei seinen Wachträumen
das Wasser im Mund zusammen; Spiegeleier
sah er vor seinem inneren Auge mit braun
brutzelnden Rändern und tiefgelbem, schon
ein wenig festem Dotter. Immer öfter wurde
ihm vor Hunger schwindelig, und er mußte
sich an den Möbelkanten festhalten. Wenn er
sich dann im hellen Schlafsaal auf sein Bett
legte, sah sein inneres Auge lange, gerade Straßen, die auf Städte zuführten, hinter welchen
die Sonne unterging – später würde er sie wiedererkennen, er würde sie durchfahren, er
würde am Leben bleiben. Auf einmal war die
Angst verschwunden: er war stolz, er würde
doch sein eigener Zeuge werden.

Es kam aber ein neuer Telefonanruf – die

Leiterin glaubte die Stimme eines Unteroffi-
ziers der Gendarmerie erkannt zu haben –, in
der Nacht würden die Deutschen das Dorf
nach Juden durchsuchen. Es war inzwischen
kalt geworden, und der erste Herbstschnee
war gefallen, die plötzliche Kälte hatte ihn
überfroren, und in der Nacht waren sie dann,
der ältere Bruder, ein anderer noch und er,
über den Schnee durch das Tal gegangen. Er
hatte leicht und hohl geklungen, und es war,
als berührten die Schritte kaum die Oberfläche. Man wurde getragen und ging wie auf
Wolken. Von überall war man in der glänzenden Helle des Mondlichtes als schwarzer
Punkt sichtbar gewesen. In der Nachthelle
stiegen die Abhänge vom Talgrund still auf-
wärts, und von dem, was da geschehen sollte,
wäre alles unsichtbar geblieben. An der anderen Seite des Tals wartete das abgesperrte Chalet auf sie, vom hellichten Wellblechdach ab-
geschattet; man ging draußen in der weiten
Talebene und sollte da hinein. Es war eigenartig, am Fuß des Berghangs gelegen, seinen eigenen Behälter zu sehen.

Trotz des Risikos war ihnen für die Nacht
das unbewohnte Haus zur Verfügung gestellt

worden. Sie waren hintereinander hineingeschlichen und hatten sich in dem leeren Zimmer auf den Fußboden gesetzt, damit man sie von außen nicht sehen konnte.

Aber vom Dorf her, dessen Zwiebelturm über die Dächer hinausstand, still, unbeweglich unter den Himmelfahrten, waren Tagesgeräusche gekommen: Eimer, die man umstieß, Geschirrgeklirre, Rufen und Lachen, das sich irgendwo fortbewegte, eine Zeitlang verdeckt wurde und dann wieder hervorbrach; es wurde gelacht, und der Mond schien.

Die Köchin des Kinderheims hatte vorgeschlagen, ihn unter ihrem Bett zu verstecken: sie würde dann davorstehen, und kämen die Deutschen, würden sie es mit einer echten Französin zu tun haben. Er würde da unter dem Bett im Halbdunkel liegen, und die enge Sehschneise vor seinen Augen, den länglichen Rillen des Fußbodens entlang, würde weit hinaus bis zu den Lichterketten der Vorstadt seiner Heimat führen. Jedesmal, wenn er die Augen schloß, kamen in ihm die Laternenreihen auf, deren runder Schein leeres Gelände durchzog.

Drei, vier Tage lang war es, als ob alles wie sonst gewesen wäre, aber er wußte es: alles hatte sich nur zusammengezogen wie auf der Lauer, wie vor dem Ausbruch des Gewitters. Der Schnee war unter der beinahe heißen Sonne wieder weggetaut, und trotz seiner Frostbeulen freute er sich auf das Lernen: auf Titus Livius, auf Pascal, auf die Gleichung, aber in der Holztäfelung des Lernzimmers ging die rechteckige Tür auf – daß man durch eine Wand konnte mittels einer beweglichen Holztafel, erstaunte ihn nach wie vor –, er wurde hinausgewunken, aus der Arithmetikstunde, wo er doch alles gerade verstand, vielleicht hatten ihm der sich auflösende Wolkenhimmel und die plötzliche Lichthelle dabei geholfen. Im Vorzimmer wurde ihm der dicke Wintermantel weit offen von der Anstaltsleiterin entgegengehalten, mit den dunklen grottenähnlichen Ärmelöffnungen. Wie um zu zeigen, daß er es gewohnt war, bedient zu werden, drehte er sich um und streckte die Arme hinter sich aus, wie er es seinen Vater hatte tun sehen.

»Sie kommen!« sagte die Anstaltsleiterin mit starker, aber liebevoll zarter Stimme, als wolle sie ihm mit den zwei Wörtern, für die sie noch Zeit hatte, zeigen, sie habe ihn trotz allem, trotz der Strafen, doch so liebgehabt.

Die Tür wurde ihm aufgemacht, und vom Windfang sah er wie immer vor sich den Weg zur Straße hinaufführen, ein leeres Band, von dem er jedes Steinchen kannte; rechts der zerklüftete Felsen, der wandartig bis zur Straße hinaufreichte, und links der bewachsene Abhang, so steil, daß man von manchen Tannen, hellgrün, unerwartet nahe nur die Spitzen sah.

Oben mündet der Weg in die Chaussee, und je mehr er ansteigt und sich vom Gebäude entfernt, desto heller wird er und desto weniger abschüssig die Felswand, die die Straße trägt. Ganz oben bildet die Oberfläche des Weges, der sich zur Straße hin ausbuchtet, einen waagerechten Strich, ein kurzer Horizont mit einem Stück Himmel. Den Wagen hatte er, an der wie dumpf gewordenen Helle, am Ende des Weges erraten, wie wenn etwas Dunkles vor einem Fenster steht. Schon hatte er die Mitte erreicht, als drei Mann, auf einmal aufgetaucht, in einer Reihe, wie eine Klappe, die sich um ihre Achse drehen würde, die ganze Wegbreite einnahmen: ein deutscher Offizier

170

mit silbernen Streifen am Kragen, zwei behelmte Soldaten – genau wie damals noch seine Bleisoldaten – mit vorgehaltener Maschinenpistole: in der Mitte die kleine, schwarze Öffnung des Laufes, beide auf ihn gerichtet. Die Stiefel waren blank, aber bei einem ganz oben die Schnalle nicht fest zugezogen. Man sah jede Einzelheit, die einzelnen Stoffasern der Uniformen, es gab so viel zu sehen. War es denn nicht das letzte, das er mitnehmen würde, eine Sehwand, hinter der es nichts mehr geben würde. Die Blicke waren auf ihn gerichtet.

Der Offizier schaute ihn mit starren Augen an, die sich kaum weiteten, etwas, waren es Worte, war es ein Lächeln, setzte an den Mundwinkeln an, verging sofort. Im Gehen hielt der Offizier den Kopf immer zu ihm gerichtet, während die beiden Soldaten, obgleich sie unabsichtlich auf ihn weiterzielten, schon woanders, auf das Haus, auf das Tal hinblickten.

Das Gesicht des Offiziers hatten andere Leute schon gesehen, die nicht wußten, daß es jetzt gerade hier war: ein Gesicht, das auch dabeigewesen wäre, wenn man ihn bei Freunden oder bei einer Bootspartie getroffen hätte, und das einen jetzt abholen kam.

Wie im Zeitlupenfilm sah er den Offizier kaum merkbar zu einem längeren Schritt ausholen, um die beiden Soldaten hinter sich zu lassen, sofort verlangsamten diese auch den Schritt, und den bis dahin unverwandt auf ihn gerichteten Blick ließ er auf einmal blitzschnell zum Haus gleiten, sie waren auf gleicher Höhe, so nahe aneinander, daß er selber schon den Kopf ein wenig nach links hätte wenden müssen, wenn er ihn im Blickfeld hätte behalten wollen, die beiden Soldaten, immer noch mit zu ihm vorgehaltener Maschinenpistole, wichen ein wenig hintereinander aus, wie wenn man dem Entgegenkommenden Platz läßt.

Oben, man sah es nun von der Stelle des Weges, die er erreicht hatte, stand ein Kommandowagen der Wehrmacht mit auf die Kühlerhaube herabgeklappter Windschutzscheibe, breit mit genau den gelb-grünen Tarnflecken, die es auch auf seinen Spielfahrzeugen gegeben hatte, als er den Feldmarschall Mackensen auf der Lafette eines Geschützes durch das Zimmer fahren ließ.

Angst hatte er keine; die Beine nur waren

ihm zu kurz geworden, als ginge er auf Stümp-
fen, er fühlte genau den Umriß seines Körpers,
wie er in der Luft ausgeschnitten sich nach
vorne schob; er wurde gegangen, wie wenn
ein anderer es in ihm besorge. Die Knie knick-
ten ihm ein. Als er am Spähwagen vorbeikam
und so tat, als ginge ihn das nichts an, hörte er
zwei Soldaten über ihn sprechen. Gierig beinahe hörte er nach dem Klang seiner Mutter-
sprache. Jahrelang hatte er ihn nicht mehr gehört, und doch verstand er jedes Wort.

Die Angst kam erst, als er schon lange außer
Sicht war, weit hinter den Bauernhöfen des
Dorfteils Les Pettoreaux, die, am Hang verstreut, zuerst die Landschaft verdeckten. Dahinter lag ein langer, grasbedeckter Abhang,
den man von unterhalb nicht sehen konnte,
eine Kuppe, über welche die kurzen Kuhpfade
nebeneinander braun im Gras verliefen.

Der Himmel hatte sich zusammengezogen,
mit hohen senkrecht aufsteigenden Wolken,
die sich talseitig öffneten und den Blick auf andere, viel weiter dahinterstehende, freigaben.
Plötzlich schlug der harte, hämmernde Gebirgsregen nieder. An den Tannen konnte er
die Risse der Rinde voneinander unterschei-

den, keine war der anderen gleich, keine wußte
von der Angst und von der Flucht; es war der
Wald wie sonst, als wäre man da auf einem
Ausflug und wäre einfach vom Unwetter
überrascht worden.

In der Stille des dumpfen und regelmäßigen
Fallens des Regens hörte er das Sirren der Seilbahn hinein. Er blieb stehen und horchte hin,
das Geräusch zog sich unsichtbar weit ober-
halb der Tannen hin, man hörte sogar das Rollen über die Stützen. Es waren die Deutschen,
sie hatten ihn nur durchgelassen, um ihn dann
besser auf der Flucht einfangen zu können. Je
höher er käme, desto leichter würden sie ihn
kriegen. Vor Angst aufschreiend lief er wieder
hinunter, einen Weg, den er nicht kannte, das
Wasser zog glitzernd und glatt die Unregelmäßigkeiten nach, über die es floß, in jeder
Aushöhlung bildeten sich braune Lachen, in
die er hineinstolperte.

Die Klanglinie, die die Seilbahn durch die
Stille gezogen hatte, war verschwunden, und
niemand kam den Berg herunter. Vor soviel
Ehrgeiz hatte er sich später geschämt, als daß
man nur für ihn eine Seilbahn hätte fahren lassen! Es war eine Dienstfahrt gewesen, und

man hatte nicht geahnt, daß im Wald darunter ein Knabe um sein Leben gebangt hatte, als bestünde eine Landschaft aus dem, was man nicht sieht.

Darunter verschwand der Abhang im Nebel, in dem man ihn weiterreichen fühlte, es fing an zu dunkeln, das große Dunkel der Nebelabende, er sah das alles, und dabei setzte man ihm nach, die hervortretenden Baumstämme, die helleren Tagesspalten zwischen ihnen waren das Allabendliche, und doch hätte er – wie der kleine verschwundene Junge – mitgenommen werden sollen.

Den älteren Kameraden sah er ohne Erstaunen am Waldrand stehen, er hatte ihn nicht heraufkommen sehen, er stand einfach da, und man sah sein STEHEN, noch ehe man ihn stehen sah: vielleicht war das die Angst. Er sah ihn, ehe er ihn erkannte, und doch war beides ein einziger Augenblick. Schweigend gingen sie nebeneinander den Abhang hinunter, durch die kleine Ortschaft, als wären sie verspätete Spaziergänger.

Nicht länger als sonst war er weg gewesen, und doch hatte die Abwesenheit schon an seiner Stelle Platz genommen, das doch so vertraute Gebäude war genau dasselbe und doch anders, als wäre er ein anderer, als wären die Räume die gleichen und doch wie verrenkt, wie verschoben, als wären viele Jahre vergangen. Er war schon nicht mehr da. Wie vom Tal kommend, stieg die Heimleiterin die Treppe zu ihm hinauf, und er sah sie, wie sie sich von Stufe zu Stufe hinaufstieß und wie von ihr immer mehr sichtbar wurde.

Er wurde ins Badezimmer geführt, vor der elektrischen Heizung zog man ihn aus, als wolle man ihn wieder für die Prügelstrafe vorbereiten, und er schüttelte sich vor Scham, so naß waren die Kleider, daß man sie ihm vom Leibe ziehen mußte. Man frottierte ihn mit großen Handtüchern ab, und erst jetzt merkte er, wie kalt es ihm gewesen war: er stand da, nackt, weiß, kindhaft und schuldlos, ein zu hoch geschossener, noch unreifer kleiner Junge. Er fühlte sein Gesicht vor Röte glühen, vielleicht wußte man, daß er an sich das große Wunder entdeckt hatte.

Er sollte keine weitere Nacht im Kinderheim verbringen, die Deutschen könnten sehr gut bei Nacht wiederkommen. Er zog das trockene Zeug an, das man ihm hingelegt hatte und das ihm nicht gehörte, sogar ein dicker Pullover mit langen Ärmeln war dabei, er konnte nicht herausfinden, wem er gehört hatte.

Er sollte die Nacht in der Heukrippe im Bauernhof bei Socquets schlafen: Am nächsten Morgen würde er dann über die Berge am Waldsaum entlang, weit ab vom Weg, wo man ihn hätte sehen können, bis an den Fuß der Aiguilles Croches gehen, zum letzten noch bewohnten Bauernhof, wo er erwartet wurde – man sei heute noch da gewesen –, da wäre er einstweilen in Sicherheit. Vielleicht warteten die Deutschen doch irgendwo, den Spähwagen hatte man nicht wieder herunterfahren sehen. Der ältere Bruder war aus dem Fenster gesprungen, als die Deutschen noch im Windfang standen, und durch das Tal war er in ein andres geflüchtet.

Als er über sich das eigenartig menschliche Schnaufen der Kühe hörte, ihr ruhiges Mampfen, das Klinkern der Kette an der Holzwand, das zeitweilige Aufklatschen der Fladen oder das leichte Wehen der Schwanzwedel, hatte er sich in Sicherheit gefühlt, um sich herum ließ er Bilder kreisen; in der warmen, molligen Dunkelheit des Stalls war eine noch nie erlebte Geborgenheit, die Dunkelheit mit den Tieren umgab ihn weich, wie die Wärme eines Körpers, innerhalb dessen er unsichtbar geworden war und sich nicht mehr zu fürchten brauchte. Ab und zu stampfte eine Kuh auf, in der Futterkrippe war er außer ihrer Reichweite und doch in ihrer schützenden Nähe; es lag sich so tief im Heu, und draußen standen die Berge, liefen die Täler aus in immer weitere Fernen, wo baumbestandene Straßen liefen, zu unbekannten Städten führten, und dahinter, undenkbar weit, lagen fremde Wälder an schneebedeckten Ebenen, wo der Vater vielleicht verschollen war.

# Lebensbilder
# Jüdische Erinnerungen und Zeugnisse

Herausgegeben von Wolfgang Benz

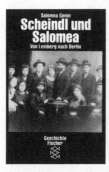  

Hertha Feiner
**Vor der Deportation**
Briefe an die Töchter
Januar 1939 -
Dezember 1942
K.-H. Jahnke (Hg.)
Lebensbilder, Bd. 7
Band 11917

Salomea Genin
**Scheindl und Salomea**
Von Lemberg nach Berlin
Lebensbilder, Bd. 3
Band 11253

Richard Glazar
**Die Falle mit dem grünen Zaun**
Überleben in Treblinka
Lebensbilder, Bd. 4
Band 10764

E. Leyens/L. Andor
**Die fremden Jahre**
Erinnerungen an Deutschland
Lebensbilder, Bd. 1
Band 10779

Eric Lucas
**Jüdisches Leben auf dem Lande**
Eine Familienchronik
Lebensbilder, Bd. 2
Band 10637

Armin und Renate Schmid
**Im Labyrinth der Paragraphen**
Die Geschichte einer gescheiterten Emigration
Lebensbilder, Bd. 6
Band 11467

Arnon Tamir
**Eine Reise zurück**
Von der Schwierigkeit, Unrecht wiedergutzumachen
Lebensbilder, Bd. 5
Band 11466

# Fischer Taschenbuch Verlag

fi 1712 / 3

# Hans Keilson
## Das Leben geht weiter

Eine Jugend
in der Zwischenkriegszeit

Roman. Band 5950

Seinerzeit von Oskar Loerke empfohlen, fand sich Hans
Keilsons Roman *Das Leben geht weiter* schon einmal im
Programm des S. Fischer Verlags. Das war im Frühjahr
1933. Kaum ausgeliefert, brannte der Reichstag, einige Monate später war das Buch des jüdischen Autors Keilson auf
der Verbotsliste. Reichlich fünfzig Jahre später wird der
Roman erstmals wieder vorgelegt. Er handelt vom wirtschaftlichen Niedergang eines kleinen Selbständigen in einer kleinen Kreisstadt in der Mark Brandenburg, eingelassen in die politischen, sozialen und ökonomischen Wirren
der Jahre nach dem Ersten Weltkrieg, der Weimarer Republik, der Inflationszeit und des aufkommenden Nationalsozialismus. (Die Fortsetzung des Romans, die das Leben
eines jungen Juden im damaligen Deutschland beschreibt,
verfaßte Keilson im Exil. Sie erschien 1959 unter dem Titel
*Der Tod des Widersachers*; die amerikanische Übersetzung
stand 1962 mehrere Wochen lang auf den Bestsellerlisten.)
Für diese Ausgabe hat Hans Keilson ein Nachwort geschrieben, worin er über Entstehung und Schicksal des
Buches und seines Autors Auskunft gibt.

# Fischer Taschenbuch Verlag

fi 627 / 3

János Nyiri

Die Juden - Schule

Aus dem Englischen von Hilde Linnert
und Uta Szyszkowitz

Band 11054

Der Titel dieses Romans ist doppelsinnig, sein Inhalt ein-
deutig. Gemeint ist einmal eine Schule für Juden (wozu auch
die Synagoge, die schul, gehört), zum anderen die harte
Lebensschule, die jeder Jude in einer antisemitischen Umwelt
durchlaufen muß. Thema ist der Holocaust, die systema-
tische Ausrottung der Juden. Erzählt wird die Geschichte aus
der Perspektive des kleinen József Sondor, den der Leser
vom Kindergarten (kurz vor Ausbruch des Zweiten Welt-
kriegs) bis zur Befreiung Budapests erlebt. József ist so etwas
wie ein ungarisch-jüdischer Oskar Matzearth, der permanent
seine Familie, Lehrer und sonstige Umwelt in Atem hält, sich
aller Disziplin (und allen Disziplinierungsversuchen) ent-
zieht und voller verrückter Ideen steckt. Er ist außergewöhn-
lich frühreif und sprachbegabt. Obwohl das Buch überwie-
gend von Angst und Überlebensnot handelt, fehlt ihm alles
gefühlige Pathos; Nyiri bringt seine Leser zum Lachen, das
im Hals stecken bleibt und begreifen hilft. Der *Observer*
schrieb: »Wir suchen in der Kunst nicht nur nach Verständnis, sondern auch nach Glück. János Nyiris *Juden-Schule*
erfüllt beide Wünsche. Der beste Roman über den Holocaust.«

Fischer Taschenbuch Verlag

fi 1256 / 1

# Katja Behrens
*Salomo und die anderen*
Jüdische Geschichten
191 Seiten. Leinen


Arthur Mayer war Arzt, ein uneigennütziger und deshalb sehr verehrter Helfer seiner Mitbürger in der deutschen Gemeinde S. – aber er war auch Jude und wurde deshalb in Auschwitz ermordet. Von einer Woche auf die andere mied man seine Praxis, vergaß, ihn auf der Straße zu grüßen, und keiner rührte auch nur eine Hand, als er nach Frankreich fliehen mußte, wo er während des Krieges mit seiner Frau von deutschen Soldaten gestellt und »abgeholt« wurde. Unter anderem von Arthur Mayers Leben erzählt Katja Behrens in ihrem neuen Prosaband. Er umfaßt sieben Geschichten, die von jüdischen Schicksalen erzählen. Sie richtet ihren Blick nicht so sehr auf das Geschehene als vielmehr auf die Gegenwart. Sie zeigt, mit wieviel Verständnis die Täter heute rechnen können und mit wie wenig Mitgefühl die Opfer. Katja Behrens schreibt nüchtern, unsentimental und präzise. Es geht ihr nicht darum, Mitleid zu heischen, sondern sie lotet mit literarischen Mitteln eine nach wie vor spannungsgeladene soziale Situation in unserem Land aus. Alle Erzählungen haben eines gemeinsam: Sie zeigen, daß Täter oder Opfer gleichermaßen von der Vergangenheit eingeholt werden können, wenn sie sich ihr nicht rechtzeitig stellen.


# S. Fischer

fi 1563 / 1

Johanna Moosdorf, bekannt vor allem als Roman-
autorin und Lyrikerin, geht es auch in ihren Novellen,
Erzählungen und Kurzgeschichten - der kleinen literarischen Form - stets ums Ganze. Es geht um Glück, Liebe,
Schuld und Tod, es geht um Grunderfahrungen der
menschlichen Existenz.

# Johanna Moosdorf

### *Die Andermanns*
Roman. Band 11191

### *Fahr hinaus in das Nachtmeer*
Gedichte. Band 10217

### *Die Freundinnen*
Roman. Band 4712

### *Jahrhundertträume*
Roman. Band 4739

### *Die Tochter*
Geschichten aus vier Jahrzehnten
Band 10506

# Fischer Taschenbuch Verlag

fi 1143 / 3

# Elias Canetti

### Die Fackel im Ohr
Lebensgeschichte 1921-1931. Band 5404

### Das Augenspiel
Lebensgeschichte 1931-1937. Band 9140

### Die Provinz des Menschen
Aufzeichnungen 1942-1972. Band 1677

### Das Geheimherz der Uhr
Aufzeichnungen 1973-1985. Band 9577

### Die Blendung
Roman. Band 696

### Dramen
Hochzeit / Komödie der Eitelkeit / Die Befristeten
Band 7027

### Die gerettete Zunge
Geschichte einer Jugend. Band 2083

### Das Gewissen der Worte
Essays. Band 5058

### Masse und Macht
Band 6544

### Der Ohrenzeuge
Fünfzig Charaktere. Band 5420

### Die Stimmen von Marrakesch
Aufzeichnungen nach einer Reise. Band 2103

### Hüter der Verwandlung
Beiträge zum Werk von Elias Canetti. Band 6880

# Fischer Taschenbuch Verlag

# Ralph Giordano
# Die Bertinis

Roman. Band 5961

Eine großangelegte Familien-Saga, ein exemplarischer Zeitroman. Ralph Giordano formt einen bisher wenig beachteten Stoff episch aus: Er erzählt vom Schicksal sogenannter »jüdischer Mischlinge« in den Jahren der nationalsozialistischen Gewaltherrschaft. Die Vorgeschichte beginnt Ende des letzten Jahrhunderts, die eigentliche Handlung setzt vor 1933 ein und führt in die ersten Nachkriegsjahre. Ihr Schauplatz: Hamburg – von den Elbvororten bis zum Stadtpark, von Barmbek im Norden bis zum Hafen im Süden, mit unvergeßlichen, in den dramatischen Ablauf verwobenen Gestalten, Bildern, Situationen. Fast unglaublich ist diese Geschichte: Der Autor hat mit seiner Phantasie die nackte Realität überhöht; es ist ihm gelungen, eine sinnfällige Schilderung von Menschen unter bestimmten Bedingungen zu schaffen und eine Zeit zurückzurufen, die mit überwältigender Macht in das Leben aller eingegriffen hat. Er hat das Geschehen und die Figuren frei gestaltet. Hier sind die kleinen Leute mit ihren Schwächen unter dem grausamen Druck des herrschenden Bösen, mit ihren liebenswerten Zügen, mit dem Ausmaß des ihnen zugefügten Leides und der Fähigkeit zum Überleben. Nichts wird geschönt, keine bittere Erkenntnis verschwiegen. Doch was immer es an Furchtbarem gab: die Liebe zu Hamburg, diese ganz unsentimentale Heimatliebe, bleibt unerschüttert und ist entscheidend für die Zukunft der Bertinis.

# Fischer Taschenbuch Verlag

fi 658 / 2

Ernst Klee, Willi Dreßen,
Volker Rieß (Hg.)
## »Schöne Zeiten«
Judenmord aus der Sicht der Täter und Gaffer

*276 Seiten. Broschur*

Unter dem provozierenden Titel »Schöne Zeiten« – entnommen einem privaten Fotoalbum eines KZ-Kommandanten – haben die Herausgeber eindrucksvolle Dokumente zusammengestellt. Es handelt sich weitgehend um authentische Texte (Tagebücher, Briefe und Berichte), aber auch um (Geständnis-)Protokolle, in denen die Mörder, Mittäter und Gaffer in der Rückschau ungeschminkt vor den ermittelnden Behörden schildern, wie der Massenmord an den Juden organisiert und bis zum bitteren Ende durchgeführt wurde.

Beigegeben werden zahlreiche Fotos, die für sich sprechen. Diese Bilder zeigen nicht etwa Exzeßtäter, die ihre Mordarbeit mit Schaum vor dem Mund tun, keine Bestien, die uns von daher abstoßen, sondern sie zeigen (von Gaffern angespornte) Täter, wie sie ihre »Arbeit« verrichten und wie sie danach erschöpft, aber zufrieden ihren bierseligen Feierabend genießen. Gezeigt werden Menschen, denen man nicht ansieht, daß sie aktiv in der Mordmaschinerie mitwirkten und diese einsatzbereit und willig in Gang hielten.

Der vertrauliche, ja bisweilen private Charakter des Materials zeigt in gnadenloser Deutlichkeit, wie sicher die »Weltanschauung« des Nationalsozialismus im Zentrum der Volkspsyche verankert war, eingebettet in das gängige Denken, in das selbstverständliche Empfinden breitester Bevölkerungskreise.

Ein erschütterndes Buch und ein erhellendes zugleich. Es klärt auf und will zur Trauerarbeit anregen. Und es wirkt dem Vergessen entgegen, daß es in Deutschland Zeiten gegeben hat, in denen auf offener Straße und am hellichten Tage jüdische Mitbürger mit Eisenstangen erschlagen werden konnten, ohne daß sich jemand schützend vor sie gestellt hätte.

# S. Fischer

Ernst Klee, Willi Dreßen,
unter Mitarbeit von Volker Rieß
## »Gott mit uns«
Der deutsche Vernichtungskrieg im Osten 1939–1945

*264 Seiten. 106 Abbildungen. Broschur*

Unerträglich, was geschehen ist, kaum erträglich, die Dokumente zu lesen – doch notwendig, einmal festzuhalten, was im Namen von Christentum (»Kreuzzug gegen den Bolschewismus«) und deutscher Ehre den sowjetischen Völkern angetan wurde: Männer, Frauen und Kinder wurden niedergemetzelt, ganze Dörfer samt den Bewohnern niedergebrannt oder zur Zwangsarbeit ins »Reich« verschleppt. Behindertenheime und Krankenhäuser wurden – zum Teil im Auftrag der Wehrmacht – leergemordet. Etwa drei Millionen Kriegsgefangene waren in den Lagern der Wehrmacht zum Hungertod verurteilt oder wurden erschossen. Über das Schicksal deutscher Kriegsgefangener in russischer Gefangenschaft ist oft geredet worden, doch die Ermordung der sowjetischen Gefangenen ist bis heute so gut wie kein Thema.
Deutschland mußte den Krieg verlieren. Die Menschen und der Boden des Ostens sollten hemmungslos ausgeblutet werden. Ganze Landstriche wurden leergemordet; schließlich konnte nicht einmal die Ernte eingebracht werden. Der deutsche Rassenwahn kannte nur Untermenschen; selbst Völker, die die deutschen Truppen als Befreier begrüßt hatten, wurden in die Arme der Partisanen getrieben: »Stalin ließ uns wenigstens *eine* Kuh im Stall, die Deutschen aber nehmen uns auch noch diese.«
Der Band enthält unveröffentlichte sowjetische Dokumente, darunter Berichte von Menschen, die im Gaswagen überlebten. Selbst eine Überlebende des Massakers von Barbi-Yar (der Massenmord an mehr als 30 000 Menschen in einer Schlucht bei Kiew) kommt zu Wort.
Der Rußlandfeldzug ist oft beschrieben worden, aber nie aus dieser Sicht.

# S. Fischer

fi 1145 / 2

# Franz Werfel

**Der Abiturienten-tag**
Roman. Band 9455

**Das Lied von Bernadette**
Roman. Band 9462

**Die Geschwister von Neapel**
Roman. Band 9460

**Verdi**
Roman der Oper
Band 9456

**Die vierzig Tage des Musa Dagh**
Roman. Band 9458

**Stern der Ungeborenen**
Ein Reiseroman
Band 9461

**Höret die Stimme**
Roman. Band 9457

**Der veruntreute Himmel**
Geschichte einer Magd. Band 9459

**Cella oder Die Überwinder**
Versuch eines Romans. Band 5706

**Barbara oder Die Frömmigkeit**
Band 9233

**Die schwarze Messe**
Erzählungen
Band 9450

**Die tanzenden Derwische**
Erzählungen
Band 9451

**Die Entfremdung**
Erzählungen
Band 9452

**Weißenstein, der Weltverbesserer**
Erzählungen
Band 9453

**Eine blaßblaue Frauenschrift**
Erzählungen
Band 9308

**Jacobowsky und der Oberst**
Komödie einer Tragödie
Band 7025

**Gedichte aus den Jahren 1908-1945**
Band 9466

**»Leben heißt, sich mitteilen«**
Betrachtungen, Reden, Aphorismen
Band 9465

# Fischer Taschenbuch Verlag

fi 198 / 11

**Georges-Arthur Goldschmidt**

Alles über sich erzählen und doch nichts verraten.
Peter Handke

---

## Ein Garten in Deutschland

Eine Erzählung. Aus dem Französischen von
Eugen Helmlé.
192 Seiten. Gebunden.

Mit großer Bildintensität und atmosphärischer Dichte, die jede Seite dieser meisterhaften Erzählung auszeichnen, wird mit dem Blick des Jungen der Abschied von einer unwiederbringlich verlorengehenden Kindheit beschworen.

*Paul Kersten, Der Spiegel*

Mit dieser großen Erzählung, die, gleichsam entwicklungslos, aus visuellen und auditiven Erinnerungsfetzen zusammengesetzt, plötzlich »angehalten« wird – und die Abfahrt des Zuges, der ihn aus dem Hamburger Hauptbahnhof nach Florenz bringt, wirkt weniger als emphatischer Aufbruch, eher als Versiegen –, mit dieser großen Erzählung betritt ein Schriftsteller erneut die deutsche Literaturszene, der, als seit langem bekannter Autor französischer Romane (Peter Handke hat einen davon, »Der Spiegeltag«, übertragen, eine Art Fortsetzung dieses »Gartens«) und Übersetzer deutscher Literatur leibhaftig etwas von dem verkörpert, was Roland Barthes, mit Blick auf die Photographie, ihr »Noema« genannt hat, ihr unverrückbares »Es-ist-so-gewesen«.

*Hans-Horst Henschen, Süddeutsche Zeitung*

Ammann Verlag